the reading[1] rooms

This book belongs to

Derek Kinsey

www.marianasreadingrooms.co.uk

LOS LEMMINGS Y OTROS

HÉROES MODERNOS
14

Fabián Casas

—

Los lemmings y otros

ALPHA DECAY

CONTENIDO

Los lemmings	13
Cuatro fantásticos	31
El bosque pulenta	43
Charla con el japonés Uzu, inventor del Boedismo Zen	57
Casa con diez pinos	61
Asterix, el encargado	73
La mortificación ordinaria	101
El relator	
PRIMER DÍA	115
SEGUNDO DÍA	120
TERCER DÍA	122

APÉNDICES
AL BOSQUE PULENTA

M. D. divaga sobre un trastorno	131
El día en que lo vieron en la tele	
UNO	139
DOS	142

Todo para Guadalupe

Yo quería ser Astroboy y Astroboy quería ser yo.

DOMIN CHOI

LOS LEMMINGS

«Un rebaño de puercoespines se apretujaba estrechamente en un frío día de invierno, para protegerse de la congelación con el calor mutuo. Pronto empezaron, sin embargo, a sentir las púas de los demás; lo cual hizo que se alejasen de nuevo. Cuando la necesidad de calor los aproximaba otra vez, se repetía este segundo mal; de modo que se movían entre ambos sufrimientos, hasta que encontraron una distancia conveniente dentro de la cual podían soportarse de la mejor manera.»

ARTHUR SCHOPENHAUER

La dictadura fue la música disco. Estuve en el lugar equivocado en el momento equivocado. Y si no, mírenme: en mi pieza. Acabo de volver del cine Lara, de Avenida de Mayo. Vengo de ver *La canción es la misma*, de Led Zeppelin. Todos los sábados íbamos con mis amigos a ver esa misma película. En la trasnoche. Ni bien terminaba yo me tomaba el colectivo para llegar rápido a casa y cambiarme de ropa. Ahora las toppers negras, el pañuelo que usaba en el cuello, los jeans y el saco negro caen desordenados sobre la cama. En el cielo está la señal de ella. Hay que apurarse. Me pongo los pinzados azules, las botas negras con taco, una camisa de seda blanca, el saco blanco con hombreras. Me aliso los rulos con glostora, me perfumo. Ya está, soy un Travolta de chocolatín Jack. Antes de salir me miro en el espejo del ropero. Perfecto. Quiero poder ir caminando con la tranquilidad de que la discoteca es mi segunda casa. No está mal, me digo, llevar esta doble vida por amor.

Para que se entienda cuál era la señal que estaba tatuada en aquel cielo gris de fines de los setenta (si de veras quieren escuchar otra historia de amor con final mortal), ahí va. Empieza durante ese período de nuestra vida llamado Escuela Primaria. Estoy en el patio del colegio Martina Silva de Gurruchaga. Hace un frío letal. Es el segundo recreo, el más largo. Quinto grado. Me costó mucho llegar hasta ahí. A mi lado está Mariano Gatto, mi mejor amigo de ese año. Durante la primaria tuve un mejor amigo por año. En las hornallas de la cocina del colegio se calentaba el mate cocido que nos daban todos los días acompañado con un pan miserable, en el tercer recreo. De golpe, Gatto me dice que mire a esa chica que se está inclinando en el bebedero para tomar agua. Con las manos se sujetaba el cabello castaño, para que no se le interpusiera entre el chorro de agua y la boca. Y, al inclinarse, el guardapolvo tableado hasta las rodillas se le iba levantando dejando al descubierto unos muslos tensos. Todo esto aderezado con unas medias marrones, tres cuartos, que penetraban en los mocasines negros. Sentí por primera vez, sin ninguna duda, que me gustaban las mujeres.

Enseguida me puse a investigar... Tenía un hermanito en tercer grado, su padre era taxista y su madre era gorda, ¡como la mía! Vivía en el piso nueve del edificio de la esquina del colegio, en Independencia y Boedo. Yo vivía en Estados Unidos y Boedo, a una cuadra y media. Desde la esquina de mi casa podía ver el techo metálico de su balcón. A veces, durante la noche, estaba iluminado. Veía sombras que se movían en ese recinto bendito. Meses mirando ese punto como si fuera un faro. Y cuando volvía de las vacaciones corría hasta la esquina para ver si seguía estando ahí... Tenía miedo de que a alguien se le ocurriera demolerlo.

Por otra parte... Durante un año no avancé mucho... En realidad nada. Supongo que inconscientemente esperaba que el destino pusiera una ficha a mi favor y que de golpe yo me encontrara con ella en brazos, salvándola de un incendio en el colegio. Y aunque no avanzara ni un milímetro en mi tarea de conquistarla, y aunque ella pusiera sobre mí la misma expectativa que debía sentir frente a cualquier objeto insignificante, mi atención no cedía ni un minuto. Yo la seguía con la mirada en los recreos y clasificaba su conducta como si el FBI me hubiese encargado un trabajo minucioso. Llevaba un fichero mental. Patricia Alejandra Fraga. Sexto grado. Amigas en el colegio: dos. Una, japonesa de nombre por ahora desconocido. La otra es gorda, usa medias blancas enrolladas y, como tiene piernas musculosas, los chicos la llaman Pinino Más. Las tres caminan del brazo en los recreos.

Cuando nos juntábamos con Gatto para hacer los deberes, intercambiábamos información sobre nuestra chica. Si la habían visto sola comprando en el mercado de Independencia, si iba al cine y a cuál de todos los que había en Boedo, qué película había visto, etcétera... Es raro, cuando lo pienso ahora, pero seguramente la sensación de que ella era imposible de conquistar nos hermanaba en vez de enfrentarnos. «El año que viene va a estar en séptimo y se nos va a ir», me decía Gatto, mientras pulsaba el Ludomatic. «El año que viene», rumiaba yo en mi cama antes de dormirme.

Terminaron las clases. Mis viejos me llevaron a Mar del Plata para pasar unas vacaciones en el corazón del bronceador. Terminó el verano. Entré a sexto. Ella entró a séptimo. Estábamos en la rampa final. Entonces decidí hacer saque y volea. Un día, frente al combinado de mi vieja, con un vascolet en la mano, repasé mi archivo mental lentamente, como esas personas que caminan mirando la vereda porque perdieron la billetera. Entre mis pertenencias de tantos meses de investigaciones obsesivas apareció un nenito rubión con corte taza, quien estaba en tercer grado. El hermanito de Fraga. Tenía que conseguirlo a él para acercarme a ella. Lo veía clarísimo. Una alegría inmensa empezó a saltar en mi pecho. Era la Gran Idea, superior aún a la IDEA de Hegel o de cualquier otro alemán trasnochado... Sin dudas mis pensamientos se potenciaban frente al combinado. Siempre había sido ése mi lugar de reflexión. Abría sus puertas y tenía –a la derecha– la bandeja de discos, la radio inmensa; y –a la izquierda– las botellas de diferentes colores de las bebidas finas que tomaban mis viejos cuando venían visitas. Me gustaba escuchar los discos de mi vieja. Los Plateros, Nicola di Bari, Roberto Carlos... Escuchaba la voz aguardentosa de Di Bari cantando: «Es la historia de un amor como no hay otro igual / que me hizo comprender, todo el bien todo el mal / que le dio luz a mi vida/apagándola después...» Ese tema me ponía fichas. Imaginaba, mientras lo escuchaba, que me daban un premio por meter goles en el torneo del colegio. Patricia estaba en la tribuna y le preguntaba a la japonesa cuál era mi nombre... Yo soy el héroe del turno mañana, hermosa, el megagoleador de todos los tiempos... Tomaba un sorbo de vascolet...

Ángel era el nombre de la criatura. El chanchito que me había propuesto adobar para llegar a Fraga. Cuando lo veía correr por el patio del colegio, me trastornaba pensando en la intimidad que él tenía con ella... Seguramente dormía en la pieza de al lado... La veía cuando ella salía del baño y cuando se levantaba... La escuchaba hablar por teléfono... Me empecé a acercar de a poco. Le regalé figuritas que yo le robaba a mi hermanito. Y una vez que me habló, lo invité a jugar al fútbol en el baldío de la calle Agrelo. Era un lugar mítico donde íbamos los más grandes del colegio. Antes había habido ahí una calesita horrenda que por suerte fue demolida. Y al lado se alzaba la masa negra de la fábrica de cigarrillos abandonada. Solíamos treparnos por los techos para inspeccionarla... El tano Fuzzaro conocía ese lugar a la perfección... Era nuestro Stalker organizando tours por las piezas vacías, repletas de la basura más disparatada: preservativos, mangueras, corbatas, gatos muertos, sillas... Un día encontramos una revista pornográfica, se llamaba *Noche de Bodas*... No me dejó dormir por una semana... La buena fama que el baldío tenía entre los chicos de Boedo era inversamente proporcional a la que tenía entre los padres. Nadie quería ver a su hijo trepando la pared inmensa de ese lugar abandonado. Así que Angelito me dijo que la madre no lo iba a dejar venir. Le dije que si era necesario yo podía tratar de convencerla. ¡Hasta le ofrecí que mi mamá podía llamar a su mamá para darle garantías! ¡Yo era un egresado de ese baldío y todavía estaba vivo! ¡Nada me iba a detener en mi plan de llegar a Patricia Alejandra Fraga! El tiburón tigre anda siempre nadando a ras del fondo... No puede dejar de nadar ni un segundo porque se ahoga... ¡Palabra!

Un día, la mamá de Angelito y arquitecta de la primera maravilla del mundo me estaba esperando a la salida del colegio. En esa época no existía el rap, así que debe haber sido una de las precursoras. Me rapeó un largo monólogo: «¿Así que sos el famoso Andrés Stella? Angelito se la pasa hablando de vos. Me dijo que lo querés llevar al baldío... Yo no tengo ningún problema, pero mi marido es muy recto con esas cosas, a él no le gusta que Angelito se junte con chicos más grandes... Pero éste insistió tanto que a mí me parte el corazón no dejarlo ir». Era una mujer gorda, pero linda, como si a alguien se le hubiera ido la mano inflándola. El rap siguió con una sarta de peroratas sobre lo difícil que era cuidar a un nenito, de lo peligrosa que era la calle después de determinada hora: «Pero si vos lo pasás a buscar, también tenés que comprometerte a traerlo en un horario que va a estipular mi marido...». Con esto último, dijo, ellos eran muy estrictos... Un segundo de demora y se acabó. Seguramente ella pensaba que yo tenía alma de seminarista o algo similar... Que la razón de mi vida era cuidar chicos... No sé... Al final me terminó agradeciendo la preocupación que mostraba por Angelito y me dijo que sí, que lo iba a dejar ir al baldío. Lo podía pasar a buscar a «determinada hora» todas las tardes... Ventaja Stella, dirían en el tenis...

Angelito se la pasa hablando de vos... Esa frase me aceleraba el corazón. El nenito tal vez hablaba de mí delante de ella... Tal vez a ella mi nombre le intrigaba... Imaginaba la mesa familiar: el padre, la madre, los niños enfrentados y de pronto... ¡mi nombre!... Corriendo por la mesa... Rebotando en la piel de ella... Andrés Stella, Andrés Stella, Andresssestella... ¡Fácil de memorizar! Yo repetía mi nombre una y otra vez mientras hacía el camino para buscar al nenito. Y cuando tocaba el portero temblaba, y mi nombre, de tanto repetirlo, me resultaba extraño. Y aunque esperaba que fuera la voz de ella la que saliera por ese colador eléctrico, siempre me atendía la madre: «Ah, sí, ya baja Angelito».

¿Cuántos años tendrás ahora, Angelito? ¿Seguirás cultivando el corte taza de aquella época? ¿Visitan tu memoria esas tardes de humo del baldío de la calle Agrelo? ¿Te habrás reproducido ya? ¿Te diste cuenta en algún momento de que a mí sólo me interesaba tu hermana? Yo le pido prestado el resaltador a Marcel y trato de que quedemos fosforescentes en las páginas de aquel invierno. El tano Fuzzaro, el japonés Uzu, inventor del Boedismo Zen, los chicos del pasaje Pérez, los hermanos Dulce... Muchos borrados antes de tiempo con el liquid paper del Proceso, las Malvinas y el sida...

El nenito caminaba a mi lado como si fuera un perro hiperdomesticado. Seguíamos la rutina palmo a palmo. Lo pasaba a buscar, nos íbamos para el baldío, armábamos los equipos con los que caían por ahí. Angelito jugaba siempre para el que tenía los mejores jugadores... Al tano Fuzzaro y a los demás enfermos no les gustaba que el nenito viniera a jugar... «¡Mirá si lo quebramos!», me decían. O: «¡Qué se te dio por traer a este enano!»... El Tano sospechaba algo... El japonés Uzu también... Lo cierto es que se armaban partidos increíbles. Había un jugador letal, se llamaba Chaplin –no Chaplín. Era un genio desgarbado que hacía con la pelota lo que quería... Como esos domadores que consiguen que el tigre haga cualquier boludez. A veces, en pleno invierno, jugaba casi desnudo... El que lo tenía en su equipo estaba salvado. También estaba Tucho. Un enano que la amasaba de lo lindo. Jugaba mascando chicle. Y era absolutamente horrible. La cara llena de granos, los labios leporinos. Pero en la cancha era como el albatros en el cielo. Tendría que haber vivido toda su vida en un potrero, poniendo esos pases milimétricos, algebraicos, que eran su marca de fábrica. Había dos Tuchos porque eran gemelos. Tucho el feo y Tucho el lindo. Al lindo los padres le habían operado los labios leporinos. El lindo a veces pasaba por el baldío, pero te la devolvía cuadrada...

Lo mío era meter goles. Había días en que me levantaba con unas ganas locas de hacer goles. Me ayudaba mucho que en los baldíos no existía la ley del offside. Me paraba al lado del arquero y no dejaba pasar una. Después, cuando llegaba a mi casa, agarraba un cuaderno Gloria y anotaba los goles que había hecho esa tarde. Los describía a la perfección. Ni bien terminábamos de jugar, nos cruzábamos al almacén del Colorado para tomar cocacolas. También fumábamos... Me acuerdo del paquete rojo de Jockey Club en la mano del tano Fuzzaro. El nenito miraba cada gesto nuestro con un asombro indescriptible. Y cuando lo llevaba de regreso a su casa, él me pagaba con creces todos mis esfuerzos. Me hablaba, al pasar, de su hermana. «Patricia discutió ayer con mamá mientras comíamos», «Patricia tiene insomnio y no puede dormir. Se pone a caminar por la casa y mamá se enoja». Nunca antes había escuchado la palabra insomnio... Eso me liquidó. A veces, cuando yo no podía dormir, me gustaba pensar que ella también estaba despierta, caminando por la casa. Eramos de la misma raza... Tarde o temprano yo iba a poder explicarle mis puntos de vista sobre todas las cosas, los frutos de mis reflexiones frente al combinado de mi vieja...

Eduardo Canale llegó al colegio cuando estábamos en quinto grado. Venía de otro super exótico del barrio de Palermo. Un colegio que permitía que los alumnos se expresaran en las artes... Como la paideia de Platón... Pero era pago y, por alguna desgracia personal de sus padres, el muñeco terminó recalando en nuestro Gurruchaga, un colegio de clase media para abajo, con aulas descascaradas y baños impresentables...

Me parece estar ahora viéndolo caminar por el patio... El tipo ni nos miraba, nos despreciaba a full. Llevaba su guardapolvo siempre impecable. Y una corbata azul, pantalones de franela gris y zapatones negros, brillosos. Ojos verdes, pelo rubio, corte taza, petiso. ¡Una pinturita! Y encima el hijo de puta vivía en el mismo edificio que Fraga. Él en el segundo «A» y ella en el noveno «A». Cuando salíamos del colegio, él, ella y el nenito subían juntos en el mismo ascensor. ¡Dos pisos enteros con ella! La imagen me taladraba la cabeza. Empecé a pensar en cómo acercármele, pero el tipo era inexpugnable. Hasta que sucedió el incidente, la crónica de una paliza anunciada... La cosa se podía oler en el aire... Canale era demasiado engreído y se había armado una gran lista de espera para surtirlo. El tano Fuzzaro lo quería pasar a valores por algún motivo que ahora no recuerdo, pero que seguramente estaba tirado de los pelos... Entonces en un recreo se armó la de San Quintín... En esa época había una forma de bailar los lentos (con el brazo derecho, recto, como tomando distancia, sobre el hombro izquierdo de la chica) y una forma de empezar las peleas (empujándose). Así que el Tano lo empieza a empujar... Los de sexto y séptimo los rodean... Los de quinto también nos acercamos... Después de todo los gladiadores son de nuestro curso y merecemos un lugar privilegiado... El Tano tiene la cara roja de odio, va a construir antimateria con el cuerpo de Canale... Saca tres latigazos, la cara de Canale se mueve al compás percusivo de los puños del Tano... ¡Todas dan en el blanco! Cuatro, cinco, seis, insert coin, again... La sangre de Canale no podrá ser negociada ni envasada, cae a chorros sobre su corbata azul, su guardapolvo impecable... Encima, para su desgracia, los maestros están en la cocina, charlando, tomando su té... Una raza bien domesticada... ¡El griterío es infernal! Yo empiezo a sentir esa mierda de la compasión... Y de pronto estoy bajo las luces del ring: «Basta, Tano, basta», le grito. Y lo agarro a Canale de las solapas y lo arrastro entre la multitud de guardapolvos que gritan: «Muerte, muerte, muerte». Lo meto al baño. Hay un olor a mierda terrible. Le lavo la cara. Canale se la mira en el espejo y se pone a llorar. «¡Mi cara, mi cara!», dice. De fondo, se escucha que el griterío del patio viene caminando hacia nosotros... Miro a través de las puertas del baño, que son similares a las de las cantinas del Lejano Oeste... El Tano viene a la cabeza de la jauría... Quiere rematar al pobre Canale... Cuando uno empieza a ganar es difícil ponerse límites... Me imagino que el Tano comanda un trineo de perros fabulosos y hambrientos. Canale presiente la hora de su muerte y se pone blanco Canson... Le grito «¡Tirate al piso, conchudo!». Cuando el Tano irrumpe pateando las puertas, yo lo estoy levantando como puedo... Se sabe, Atila se preparaba para pasar por la piedra a toda Roma cuando se le cruzó el Papa... Eso estaba escrito en los oráculos y el bárbaro era supersticioso... Se espantó... Dio marcha atrás...

La cara de Canale tardó en recuperar su forma normal. Y su engreimiento también había llegado a su techo. Era una simple cuestión económica, la dialéctica hegeliana del amo y el esclavo. Para sobrevivir en este colegio infernal, debe haber calculado, mejor el perfil bajo. Entonces me empezó a saludar, se notaba que trataba de agradecerme el salvataje del recreo mortal... Era un tipo supersofisticado. Venía con unos libros amarillos y se los ponía a leer en el recreo. La colección Robin Hood: *Bomba, el hijo de Tarzán, en la catarata salvaje*, *La cabaña del Tío Tom*, *El Príncipe Valiente*... Los libros traían ilustraciones. Me las mostraba. Un día me prestó *El Príncipe Valiente*. Lo leí de un saque. Después lo comentamos... El tipo siempre tenía una interpretación extraña de esas aventuras tan simples... Le gustaba complicar las cosas... Odiaba el éxito fácil. A mí eso me volvía loco. También leía en inglés... Y hasta escribía y dibujaba historietas. Las firmaba con el seudónimo de Michael Dumanis ¿De dónde mierda habría sacado ese nombre? Y su cuaderno de clase era la locura: impecable, sin tachaduras ni borrones. Los títulos subrayados con dos rayas de marcador, una roja y otra verde. Las ilustraciones que le sacaba al Simulcop eran extraordinarias... Y cuando le tocaba pasar al frente daba cátedra. Michael Dumanis contestaba todo lo que le tiraban. Hasta sabía perfectamente lo que habían hablado San Martín y Bolívar en aquella reunión famosa... A la maestra se le caía la baba... Pero Dumanis no daba la sensación de ser un traga típico; más bien parecía como si desarrollara un trámite para que lo dejaran tranquilo... Era Paul Valéry conviviendo con la hinchada de Boca... Yo seguía atado a mi idea. Y un día lo encaré. Le dije que sabía que él vivía en el edificio de los Fraga. Y que quería que él me invitara a subir los dos pisos hasta su departamento, con los hermanitos, al salir del colegio. Fingiríamos, le expliqué, que yo lo acompañaba a su casa. Canale pareció desubicado por mi proposición. «Quiero subir los dos pisos con esa chica», le repetí lentamente apretándole un brazo. «¿La chica Fraga?», me preguntó. «Sí», le dije. «¿Te gusta esa chica?» «Estoy enamorado de esa chica», le repliqué. Realmente me importaba un carajo contarle todo. No se lo había contado ni al japonés Uzu, ni al gordo Noriega, ni a los hermanos Dulce ni al tano Fuzzaro. Porque no me servía contárselo. Dumanis me miró fijo, creo que se le pasó por la cabeza que tal vez yo fuera un serial killer.

Salimos del colegio uno al lado del otro, Canale caminaba como si yo lo estuviera apuntando con un arma. Después salió Patricia y se quedó en la vereda esperando al nenito. Nosotros estábamos en la puerta del edificio, fingiendo una conversación. Cuando salió Angelito, ella lo agarró de la mano y caminaron hacia a nosotros. Yo empecé a sudar. Sentía electricidad en el pecho y me faltaba el aire. «Hola, Eduardo», le dijo ella. Tenía una voz increíble. Canale se adelantó, le abrió la puerta y le dio un beso en la mejilla. A mí me saludó el nenito. Ella ni siquiera me miró. El tano Fuzzaro pasó por la vereda con una bandada de pibes que se dipersaban... Me echó una mirada lapidaria... No le daban las cuentas... ¡Yo estaba entrando con el imbécil de Canale a su casa! El ascensor era muy chiquito... Todo rojo... Tenía un espejo... Nunca había estado tan cerca de ella. Usaba una colonia hermosa. ¡Íbamos ascendiendo lentamente en silencio! ¡Segundo piso!

Bajamos con Canale. Estaba impregnado por esa colonia. Me entrené en ese olor... Lo distinguiría aunque estuviera en el corazón del Riachuelo...

Para nosotros, un lugar de reflexión era la casa del tano Fuzzaro, en Maza y Estados Unidos. Los viejos del Tano eran médicos y tenían una casa increíble, con jardín, cuartos inmensos, chimeneas, era una locura... Sólo rivalizaba con la casa de Yapur, nuestro arquero, quien tenía un piletita –que parecía casi una fuente de adorno de esas que están en las galerías– donde nos metíamos todos a presión en el verano. Era una piletita iluminada, con sapos y enanos de jardín y plantas falsas, ¡todo falso!

A la casa del Tano íbamos con el pretexto de hacer los deberes todos juntos... Éramos un grupo selecto del Gurruchaga, una hermandad de niños herméticos... Me costó mucho poder meter ahí a Canale. Decían que era un hijo de puta engreído, pero yo les explicaba que no tenía mala leche, que solamente era un tipo raro... Y que nos podía ayudar con esa mierda de los decimales... Cuando las matemáticas nos empezaron a inclinar la cancha, Canale consiguió la visa para entrar. Al principio el turro hablaba sólo conmigo, aunque fuéramos seis en la pieza, pero poco a poco se fue soltando. Y hasta empezó a tomar Talasa, el jarabe que consumía el Tano porque era débil de los bronquios. El Talasa era genial... Con un gusto a frutilla y licor... Te dejaba un cosquilleo en el pecho y te ponía somnoliento... Pensativo... Se nos caía la baba mientras la tarde de invierno pasaba lentamente... El Talasa nos empujaba a hablar sin ansiedad, cada uno con sus rollos... Nos hermanaba... ¡Tardes gloriosas del Talasa, a mí!

Ahí estamos, alrededor de la estufa de la pieza del Tano... Sentados en la alfombra y sobre su cama... De izquierda a derecha: Canale con sus malditos libros sobre las piernas... El japonés Uzu –o Japón, como le decíamos– vestido con una camisita aunque afuera parecía el Polo Norte; el gordo Noriega, con su olor permanente a semen porque se masturbaba a full; el Tano, siempre con una figurita superchapita en la mano, que arrojaba –como un tic– contra la pared mientras hablaba, y yo... contando por milésima vez el gran truco de Fantasio... «El tipo sacó a seis chicos del público, puso a tres de cada lado y les pidió que cuando él se dejara caer ellos lo sostuvieran», dije. «¿Y?», me preguntaron todos a coro. «El Gran Fantasio dijo: ahora voy a pesar cien kilos»... «¿Y?», volvieron a repetir todos a coro. «¡Y los chicos no lo pudieron sostener!», dije. «El Gran Fantasio se paró, se acomodó el smoking y dijo: ahora voy a pesar setenta kilos... ¡Y los chicos a penas lo pudieron sostener!... Entonces volvió a pararse y dijo, muy lentamente: ahora voy a pesar diez kilos... ¡Y los chicos lo hacían flamear!». Nadie lo podía creer, era el gran truco. Y yo remataba con esto: «En la colonia de San Lorenzo me encontré con un chico que sostuvo una vez al Gran Fantasio en el truco. Le pregunté cuál era el curro y él me dijo: simplemente, de golpe, el hijo de puta no pesaba nada». «¡Noooooo!», gritaban todos a coro... Al japonés Uzu lo obsesionaba la botella que Superman tenía en la

Fortaleza de la Soledad con los habitantes de Kandor –una provincia de Kripton, su planeta– miniaturizados pero vivos... Le parecía increíble. «¿No estaremos dentro de una botella así?», nos preguntaba. «¿Te imaginás a Perón adentro de una botella?, no creo...», le contestaba el tano Fuzzaro. El estado de ánimo del Tano dependía de cómo le había ido jugando a las figuritas en los recreos... Jugaba al espejito y al punto... Algunas finales del Tano al espejito con el ruso Sclark fueron memorables... Todas las figuritas amontonadas, los dos rivales sudando y tratando de derribar a la que hacía de espejito y de golpe: ¡zas! ¡Uno de los dos estaba completamente melado! ... Creo que el verbo melar desapareció de la lengua, pero alrededor de los años setenta, en Boedo, significaba «perder todas las figuritas». Cuando te melaban era el fin... Al gordo Noriega lo habían melado una vez y para siempre, nunca se repuso de esa humillación, dejó de comprar figuritas... Cuando estaba en la pieza del Tano, adobado con Talasa, contaba la historia del caburé, un pájaro –según él– del norte del país que tiene la particularidad de hipnotizar con su canto a los demás pájaros que lo rodean. «Cuando estos bichos están extasiados escuchando su canto», decía el gordo, «el caburé les salta encima, les pega un picotazo en la cabeza y les come el cerebro». «¡Eeeeeeeehh!», le gritábamos. «En serio, boludos, mi tío Ernesto tenía un caburé enjaulado y lo soltó porque mi tía le tenía miedo, es un bicho enfermizo», remataba el gordo, haciendo el gesto de que al pajarito le faltaba un tornillo... Canale también hablaba de animales, nos contaba las his-

Los lemmings

torias de los lemmings, unos animalitos parecidos a las nutrias o, como él les decía, «perritos de las praderas», que vivían en madrigueras en el Ártico y que, de golpe y sin motivo, se tiraban de cabeza por los acantilados, suicidándose... Esa historia nos parecía increíble, nos imaginábamos a los lemmings preparándose para darse el palo, como los kamikazes japoneses... Nos quedábamos callados... En el molde... La kriptonita verde nos mataba, la roja nos volvía locos, pero el Talasa era lo mejor. El Tano siempre tenía varios frascos sobre su escritorio, puestos uno al lado del otro, como los jugadores de la selección cuando se preparan para cantar el himno...

CUATRO FANTÁSTICOS

Hubo alguien antes pero yo no lo conocí. Aunque muchos me dicen que tengo algo de su carácter y de su boca. Esas cosas. A mí no me preocupa parecerme a alguien. Hay tantas caras en el mundo que uno, tarde o temprano, termina siendo otro. Yo quisiera hablar acá de los que conocí. Ellos dejaron sus huellas en mi vida y pienso que una forma de retribuirles que me hayan pisado es contar quiénes eran, lo que me enseñaron. Esas cosas.

Para esa época mamá trabajaba en la fábrica de corpiños Peter Pan. Un nombre glorioso. No sé si todavía sigue funcionando. Mamá, por lo que me cuentan todos, era una mujer despampanante, parecía una vedette. Piernas, culo, caderas. Vivíamos en un departamentito del barrio de Once, muy chiquito, yo pensaba que era como el caño de Hijitus: el dormitorio de mamá, el living donde yo dormía en un sofá-cama y una kitchenet empotrada en la pared. Eso era todo. Mamá tenía ropa tirada por todas partes. Y cosméticos y revistas que se traía de la peluquería de su amiga. Mi madre era una gran lectora. A veces, cuando ella iba a bailar, yo me quedaba con la peluquera, una paraguaya que me hablaba de sus hijos, quienes, decía, tenían casi mi misma edad y estaban con su padre, en Asunción. Yo no asociaba Asunción con un lugar físico, más bien me parecía un verbo.

En mi memoria, el primero de todos fue Carmelo. Petiso, musculoso, ex boxeador. Mamá me lo presentó una noche cuando la pasó a buscar para salir. Yo estaba mirando algo en la tele muy chiquita, diminuta, que la peluquera nos había traído de Ciudad del Este. ¿Ven? Ciudad del Este sí me parecía un lugar.

Carmelo se me acercó y me estrechó la mano. Pensé que me iba a besar, porque yo era un niñín y la gente, por lo general, cuando me conocía, me besaba. Pero él me dio su mano, callosa, grande como un teléfono. Ese gesto me gustó. A partir de aquella noche Carmelo empezó a venir seguido a casa y cuando pasaba a buscar a mamá se quedaba cada vez más tiempo conmigo, charlando de las hazañas de su época de boxeador. Y un día de campo, a la luz del sol, sucedió una cosa increíble: la piel de Carmelo, al aire libre, tenía el color de la cinta scotch. Quiero que esto quede bien claro.

No era como si estuviera recubierto de cinta, como una momia; tenía el color y la consistencia de la cinta scotch. Así que lo bauticé –para mis adentros– Carmelo Scotch. Debe haberse visto extraordinario, casi desnudo, bajo las luces del ring.

Cuando empecé a sufrir de los bronquios, mamá me tuvo que llevar a un hospital para que me curaran. Me hacían inhalaciones, me daban pichicatas, me decían que tenía que tomar sol. Carmelo se preocupó mucho por mi salud y le dijo a mi mamá que yo tenía que hacer ejercicios, correr, saltar. Esas cosas. Entonces se apareció en equipo de gimnasia y me explicó que tenía un plan para volverme un atleta. Extendió sobre la pequeña mesa de fórmica naranja del living un mapa con las etapas de ejercicios que él creía que me iban a cambiar el físico. Empezamos a practicar por las mañanas, en el gimnasio donde trabajaba Carmelo. Abdominales, carrera en velocidad, cintura, cinta. Era grandioso. Él se paraba a mi lado mientras yo la sudaba y me gritaba: «Vamos, más fuerte, ¡téngale bronca al cuerpo! ¡bronca, bronca!». Después nos duchábamos juntos. Una vez me contó, mientras nos secábamos, que la alegría más grande de su vida la tuvo cuando le tocó pelear como semifondo de Nicolino Locce. «No sabés lo que era pisar el ring del Luna repleto... solamente vos iluminado y todos mirándote... las lucecitas rojas de los puchitos en la negrura de las tribunas...». Fue empate.

Y aún llevo en mis oídos el grito de guerra de Carmelo Scotch: «¡Téngale bronca al cuerpo!».

Una tarde, mamá me dijo que lo había dado de baja. Tuvo que pasar una semana de hostigamiento para que me dijera por qué. ¡Le había levantado la mano! Mamá era inflexible. Y para elegir a sus novios, una verdadera renacentista. Pasó del deporte al arte ¡Y al segundo candidato lo capturó delante de mis narices! El profesor Locasso había llegado al colegio para cubrir una suplencia y, sin lugar a dudas, para cobrar lo que pudiera cobrar sin hacer prácticamente nada. Llegaba, ponía sobre el escritorio un paquete de facturas o de merengues –yo iba al cole de mañana– y mientras cruzaba sus pies sobre una silla empezaba a engullir sin parar. Nos decía que teníamos que pintar lo que se nos ocurriera. En la hora de

Locasso nos podíamos rascar el higo sin problemas. Así que agarrábamos hojas y dibujábamos cualquier cosa. Cuando se las llevábamos para que les echara una mirada, mientras masticaba y dejaba de leer el diario, miraba nuestro dibujo y nos decía su célebre muletilla: «Más color, alumno, más color». Aunque la hoja estuviera untada de témpera como un pastel de panadería, él repetía «Más color, alumno, más color». Estaba bueno. Nos hacía reír. Por supuesto, para nosotros su nombre cambió de profesor Locasso al de profesor Más Color. E imagínense mi sorpresa la noche en que lo vi sin su guardapolvo, con un traje oscuro que le quedaba un poco grande, y con una botella de vino en la mano en el umbral de la puerta de mi casa. El profesor Más Color era un hombre de unos cuarenta años, con una herradura de pelo blanco que le bordeaba la nuca y que siempre estaba demasiado larga, descuidada. La frente le brillaba como una bola de billar. De cuerpo atlético, cuando caminaba por el patio del colegio lo hacía a zancadas.

Según pude reconstruir mucho después, Más Color había entablado relación con mi mamá en el acto del 9 de Julio, en el cual di dos pasos adelante y recité un poema alusivo. El colegio se venía abajo de gente y la noche anterior yo había estado muy nervioso. Tenía miedo de que en el momento de recitar el poema se me apareciera en la cabeza la laguna de Chascomús. Pero fue glorioso. Verso a verso, demostré que tenía talento para recitar poemas y durante toda esa semana patria mis compañeros y mis maestros no pararon de elogiar mi performance. Pero volvamos al idilio de mi madre. De más está decir que fue la comidilla del colegio. Todos mis compañeros sabían que mi mamá salía con Más Color. A veces, en los recreos, algunos se animaban a preguntarme si eso me molestaba. Yo les repreguntaba: «¿Que ustedes sepan o que ellos salgan?». Silencio. Otros compañeros que trataban de ser más comprensivos conmigo, me decían que me habría convenido más que mi mamá saliera con el profesor de matemáticas –materia dificilísima– que con el de dibujo. Tenían razón. No puedo negar que yo ya había hecho ese razonamiento.

El romance de mi mamá con Más Color duró casi dos años. Cuando ellos terminaron yo entraba en quinto. A diferencia de Carmelo Scotch, mi vínculo con Más Color fue relajado. El tipo se quedaba a dormir en casa dos veces por semana y a veces salíamos los tres a dar un paseo. Sólo una vez salimos él y yo. Me llevó a ver una exposición de Salvador Dalí, pintor al que él admiraba. Le gustaban esas cosas retorcidas. Relojes doblados, crucifijos espaciales. Esa tarde, en un café, tuvimos el siguiente diálogo:

–¿Te molestaría que yo pase más tiempo en tu casa? –me preguntó.

–No –le dije después de pensarlo un momento.

–Me parece que sería bueno que hubiera un hombre en la casa y yo estoy pensando en casarme con tu mamá. Todavía no se lo propuse porque primero quería saber tu opinión.

–El único problema es que la casa es muy chiquita –opiné.

–Si vos y tu mamá están de acuerdo, podríamos

mudarnos a otro lugar. Con patio. ¿Te gustaría tener un patio para jugar?

—Sí —le dije después de pensarlo un momento.

Más Color pareció satisfecho con mi respuesta. Nos estrechamos la mano y me llevó a viajar por el subte. Me mostró todas las combinaciones posibles y los diferentes modelos de trenes que existían. Cuando llegamos, tarde, a casa, se encerró con mi mamá a charlar en el dormitorio. Me pareció que discutían. Yo me puse el piyama, me lavé los dientes y me acosté a dormir. Me desperté a mitad de la noche y me pareció, todavía más nítido, que estaban discutiendo. La semana siguiente Más Color no se quedó a dormir ni una hora y si bien llamaba por teléfono y hablaba con mamá, yo empecé a presentir que algo andaba con mal color. Traté de recordar la charla que habíamos tenido para ver en qué se le podría haber complicado la cancha. Y saqué las siguientes conclusiones: a mi mamá, sin dudas, le convenía tener un hombre en casa. Es más, ella siempre estaba diciéndole a la peluquera paraguaya que deseaba encontrar un sustituto de padre para mí. Lo cual a mí me parecía razonable. Yo envidiaba, cuando iba a las casas de mis amigos, cómo ellos podían sentirse seguros y exhibir a sus padres. Así que por el lado del casamiento no debería haber habido problemas. Creo que el conflicto estuvo en la posibilidad de mudarse. Por algún motivo recóndito que a mí me costaba y aún me cuesta entender, mi mamá amaba la pocilga de plaza Once o The Eleven Park, como ella le decía. Algo en la casa tocaba su fibra más íntima y contra esas cosas es imposible marchar.

Cuatro fantásticos

Una tarde de invierno, mientras mamá se hacía la toca, me comunicó que Más Color había entrado en la inmortalidad. Ahora pienso que mi infancia estuvo separada por tandas en las cuales mi madre me informaba las bajas de sus noviazgos. Yo seguí viendo a Más Color durante tres años –quinto, sexto y séptimo– pero, salvo saludos incómodos cuando nos encontrábamos de frente en el patio del colegio, nos evitábamos. Aunque, es justo decirlo, gracias a él conozco a la perfección la línea de subterráneos que cruza la ciudad. Jamás podría perderme.

Más Color ya era historia cuando me anoté en el ateneo de la iglesia de San Antonio para jugar a la pelota todas las tardes. Los curas te atrapaban con una cancha extraordinaria y, a cambio, te pedían que tomaras la comunión. Así que fui derecho a catequesis y terminé como monaguillo en un par de misas. Una tarde mamá me pasó a buscar y me dijo que la esperara porque quería confesarse. Me pareció raro ese gesto viniendo de ella. Pero es verdad que para ese entonces se pasaba mucho tiempo en la cama, como si algo le hubiera roto el ánimo. El padre Manuel la escuchó en silencio, en el confesionario. Mamá empezó a venir tarde de por medio para confesarse o para caminar charlando con el padre Manuel. Me dijo que el cura –que era muy joven– lograba darle ánimos para vivir. «Mamá ¿por qué no querés vivir?», le pregunté. «No es que no quiera vivir, es que no tengo ánimos», me contestó.

Una noche, en que me había quedado más de la cuenta en la casa de un amigo, me sorprendí viendo salir al padre Manuel de mi edificio. Lo que más me sorprendió fue que estaba vestido como un hombre cualquiera. Él no me vio, pero yo lo vi clarísimo porque estaba en la vereda de en frente. No dije ni mu. Cuando entré a casa, mamá estaba con los ojos rojos, como si hubiera estado llorando. Al otro día se la pasó encerrada en su pieza con la peluquera paraguaya. Cuando abrían la puerta porque necesitaban ir al baño o a buscar algo a la cocina, salía un olor espantoso a cigarrillos. Creo que por eso yo no fumé nunca.

Decidí hablar con el padre Manuel después de que me encontré a mamá sentada en el livincito, con unas ojeras inmensas. Parecía que había estado sentada ahí desde su pubertad. «Todos los aparatos de la casa decidieron suicidarse», me dijo con una voz muy ronca, apenas me vio. No andaban la heladerita ni el televisor, y el calefón hacía un ruido horrible cuando abríamos la canilla de agua caliente.

El padre Manuel estaba leyendo en su cuarto, me dijeron. Le dije a la monjita que lo necesitaba urgente. Al rato lo vi venir por el corredor de la escuela. Esta vez tenía su sotana negra e impecable. Me acarició la cabeza y salimos a caminar por la cancha de fútbol que a esa hora –las dos de la tarde– estaba vacía. Era un día primaveral.

–Padre, no sé qué le pasa a mi mamá –le dije. Sentí que la voz me salía del pecho.

–Hijo –me dijo, a pesar de que era muy joven–. ¿Sabés cuál fue el calvario de nuestro señor Jesucristo?

–¿Todo el asunto de los romanos y las espinas en la cabeza y la traición de Judas?

Cuatro fantásticos

—Exactamente. Quiero que pienses mucho en esa parte de la historia de nuestro Señor. Porque muchas veces en la vida los adultos tenemos que hacer grandes sacrificios. ¿Entendés?

No le entendía ni jota. Pero asentí. Me estaba dando un pesto bárbaro.

—Tu madre es una mujer ejemplar. Quiero que esto te quede bien claro. Y la mayoría de las veces las personas muy íntegras sufren demasiado. Ahora vamos a ir a la iglesia y nos vamos a arrodillar para rezar por ella.

Y así fue. Rezamos en silencio. Para ser sincero, yo no recé. Mi cabeza saltaba de una imagen a otra como si fuera un videojuego. Lo veía al padre Manuel con sotana, después lo veía en ropa sport, como lo vi cuando salía de mi edificio, después me lo imaginaba en calzoncillos, después jugando al fútbol... Al final me dio la mano y me dijo que me fuera tranquilo, que el Señor sabe lo que hace.

Lo cierto es que mamá no volvió a la iglesia y a los pocos meses lo trasladaron al padre Manuel a un convento en Córdoba. El Señor no se equivocaba porque mamá empezó a andar mejor y finalmente salió de esa melancolía en la que estaba hundida. Arreglamos el televisor, arreglamos la heladerita y sacamos el calefón y pusimos un termotanque.

Pasó casi toda mi secundaria sin que mi mamá trajera otro novio a casa.

Y justo cuando me estaba preparando para entrar en la universidad, llegó el último y quizá el más importante para mí. Se llamaba Rolando, trabajaba poniendo antenas, en las alturas, y fue clave porque él me habló por primera vez de mi padre. Porque él estaba obsesionado con el tipo que fue mi padre.

Mamá lo conoció en un grupo que se reunía los domingos en el Hospital Pena. Era un grupo de ayuda psicológica para poder superar la tristeza de los domingos. No era que mi mamá se pusiera mala los domingos, fue acompañando a la peluquera paraguaya, que los domingos, a eso de las siete, invariablemente, se quería matar. Rolando estaba yendo porque era de un equipo de fútbol que se había ido a la B y por eso sufría los domingos sin partidos. Según mamá, fue un flechazo fulminante. Rolando tenía rulos, un corte tipo Príncipe Valiente y la voz ronca. Me cayó bien enseguida. Y más cuando me enteré de que se la pasaba en los techos de los edificios arreglando y poniendo antenas.

Me encanta la gente que se cuelga de los techos, me encanta saltar por los techos de las casas.

Así que rápidamente –yo tenía diecisiete años– me le pegué como acompañante en su trabajo. Era superior. En el verano, subíamos a las cimas con una heladerita de telgopor donde poníamos seis latitas de cerveza. A veces, si no habíamos comido, nos llevábamos en un taper queso y dulce. Después de arreglar las antenas nos sentábamos a, como él decía, chamuyar. Rolando estaba obsesionado con la vida que llevaban algunas personas. «Fijate esos tipos que andan por el mundo jugando en el equipo que les hace de sparring a los Globetrotters. Eso es espantoso. Recorrer el mundo poniendo la cara para que esos negros guachopijas te hagan hacer el ridículo. Hay destinos espantosos ¿no?». Y siempre, después de las cervezas, me hablaba de mi viejo: «Yo no sé cómo tu mamá le pudo creer a ese imbécil todo lo que le decía. ¿Vos sabés que tu viejo andaba metido en la guerrilla y que prefirió eso a tener una familia, cuidarte a vos, verte crecer...? ¡Y tu mamá lo creía un tipo grosso, inteligente! ¿En serio nunca viste ni una foto suya?».

Una tarde, mientras veíamos caer el sol desde los techos de un edificio altísimo, me dijo: «Vos sabés que yo ahora te quiero mucho». «Sí, lo sé», le dije, y sentí que se me ponía la piel de gallina. «Pero antes no podía ni verte porque pensaba que eras un polvo de tu viejo hecho carne.» No le contesté nada porque me quedé pensando en su expresión, y me acordé de cuando el padre Manuel decía que Cristo era Dios hecho carne. Rolando se bajó todas las cervezas y al rato dijo: «A esta hora en Italia la llaman el pomeriggio, ¿sabés por qué?». No dije ni mu. «Porque pomeriggio significa tomate. ¿Ves el color que tiene el cielo?». Qué capo. El cielo estaba rojísimo. Agregó: «¿Ves?, desde acá podemos ver toda la ciudad, ¿no es fantástico? La mayoría de la gente no sabe que estamos acá arriba, mirándolos. Somos como dioses».

A veces, antes de clavar una antena contra el techo, la levantaba con una sola mano y gritaba: «¡Ya tengo el poder!». Y nos matábamos de risa. Otras veces se ponía melancólico y me decía: «Jurame que si vuelve tu viejo vos no te vas a dejar engrupir por él». «¿De dónde va a volver, Rolando?», le preguntaba. «¡Qué se yo, de la loma del orto!», me largaba.

Pasó el tiempo y me sortearon para la colimba. Me tocó tierra y tuve que bajar de las cimas. Pasé un año en el infierno como asistente de un milico. En algún momento de ese año, mi mamá y Rolando rompieron. Ella me lo comunicó en una carta. Cuando volví a casa, conseguí trabajo arreglando antenas. A Rolando nunca lo volví a ver, pero supe de él por un portero de un edificio. Me dijo que le había agarrado vértigo y que por eso dejó de trabajar en las cimas. A mí eso me sonó a ciencia ficción.

A veces, cuando estoy en las alturas, con mi vianda, me doy cuenta de lo increíble que fue que me dejara acompañarlo y aprender el oficio. Porque el vértigo de los techos es una disciplina para personas solitarias. Para animales fabulosos. No se necesita a nadie acá arriba.

EL BOSQUE PULENTA

Se trata de dos chicos que salen a la vez por las puertas traseras del mismo taxi y que, por miles de motivos, no se vuelven a ver más. Uno de ellos soy yo, el que cuenta la historia. El otro es Máximo Disfrute, mi primer amigo, maestro, instructor, como se le quiera llamar.

Mi mamá y su mamá trabajaban en la misma fábrica de ropa interior femenina. Lo primero que recuerdo es que estamos debajo de algo. Puede ser la mesa inmensa del dormitorio de mis viejos. Ahí jugábamos. Durante toda mi infancia Máximo venía a mi casa para que jugáramos. Como su mamá era muy pobre y vivía saltando, como una abeja, de hotel en hotel, yo nunca iba a su casa a jugar. Una vez, cuando Máximo era bebé, y su mamá alquilaba una pieza donde no querían madres solteras, se tuvo que acostumbrar a dormir en un cajón, escondido debajo de la cama, por si la dueña del lugar irrumpía de golpe en el cuarto y los echaba a patadas. Esa incertidumbre constante, ese peregrinar de pieza en pieza, aceleró la imaginación de Máximo y lo convirtió a temprana edad en un adulto. ¿Qué es un adulto? Alguien que comprende que la vida es un infierno y que no hay ninguna posibilidad de buen final. Máximo, según mi parecer, venía rumiando este conocimiento desde que estaba debajo de la cama, en la oscuridad.

Los lemmings y otros

Una tarde, estamos sentados en mi cuarto y Máximo me pide que le traiga una medibacha de mi vieja, dice que me quiere mostrar algo que le está pasando. Voy al dormitorio de mis padres y escarbo en los cajones. Ya de camino a mi pieza, atravieso el cuchicheo de nuestras madres en la cocina. La media está enrollada en mi bolsillo. Máximo la agarra y me dice que cierre la puerta. Después se baja el pantalón. Un pantalón negro con dos parches redondos de cuero en cada rodilla. Y se empieza a frotar la pija con la medibacha de mi mamá. Al rato le sale por la punta del pito un pedazo de crema dental. Me dice que pruebe con la media, que es increíble lo que se siente. Yo la agarro e imito los movimientos de mi maestro, pero no consigo nada. Máximo me detiene con un gesto y me dice que no me preocupe, que quizá todavía no puedo hacerlo. Le pregunto qué se siente. Me dice: es como un escalofrío pulenta.

Después me explica, mediante dibujos, que esa pasta dental que le salió del pito es la que te trae al mundo, que los padres *cojen*. Es la primera vez que escucho esa palabra. Cojer, dice Máximo, es lo que nos multiplica. Y me aclara que sólo goza el padre. Después lavamos la media de mi mamá y la escondemos. Máximo me dice que vuelva a intentarlo en otro momento.

En la cortada del pasaje Pérez, escucho de boca de Máximo la palabra *Chabón*. Estamos jugando al fútbol en la calle. También dice, cada vez que algo está bueno, *pulenta*. Yo le dije esa palabra a mi maestra y me retó. Mi mamá también me retó cuando se la dije a mi viejo. Mi papá, en cambio, se rió. A Máximo todas estas palabras se las pasa su primo, que es muy grande

El bosque pulenta

y vive en la provincia. En San Antonio de Padua. Máximo dice que vamos a ir ahí un fin de semana para matar gatos. Para eso, nos preparamos con mi juego de química, haciendo brebajes letales que van a poner a los gatos patas para arriba. Pero la madre de Máximo nunca nos lleva a San Antonio de Padua. No importa, Máximo trae una radio inmensa que era de su abuelo. La abrimos y tratamos de arreglarla. Soñamos que si lo logramos, vamos a ser considerados chicos prodigios. ¡Los primeros chicos que sin saber nada de electricidad pudieron devolverle la vida a una radio viejísima! Fantaseamos con que estamos en una canal de televisión y nos entrevista un locutor que quiere saber cómo lo logramos. Vea, dice Máximo, fue un trabajo bien pulenta. Y el público estalla en aplausos y se bloquean las líneas telefónicas del canal porque la gente no para de llamar para felicitarnos.

La mamá de Máximo, durante una larga temporada, venía a mi casa, aún en pleno verano, con tapados grandes. A mi vieja le llamaba la atención. Al poco tiempo Máximo tenía una hermanita. La chica se quedó a vivir en la casa de sus padrinos, unos viejos que no podían tener hijos y que eran los empleadores de la mamá de Máximo. De vez en cuando, Máximo venía a casa con su hermanita ya crecida. Y le hacíamos esto: la acostábamos en mi cama boca abajo y nos subíamos encima de ella, frotándola con el pito hasta acabar. A veces venían otros chicos del barrio invitados por Máximo para frotarse y acabar. Máximo Disfrute empezaba a hacerse una reputación importante en todo Boedo.

Los lemmings y otros

Es el invierno del 78. Hace un frío de puta madre. «Frío Mundial 78», como lo recordaríamos tiempo después. Tengo un equipo Adidas nuevo, y le paso el mío viejo a Máximo. Le queda casi bien. Es un poco más bajo que yo. Tiene nariz aguileña y los pelos duros como los de un puercoespín. Suele pelearse en la calle con chicos de otros barrios y con esto suma puntos entre nosotros. Se peleó en el cine Moderno antes de que empezara una película de Trinity, en el recreo del colegio con uno de séptimo, en el Minimax cuando fuimos a comprar bebidas para un cumpleaños y, lo que terminó por coronarlo como el más grande, se robó plata de una de las oficinas donde la madre hacía la limpieza. Repartió el botín entre todos y nos fuimos, en taxi, al centro a ver películas y a comer pizza por metro. Creo que esa fue la primera vez que viajé solo en un taxi que yo podía pagar, es decir, que Máximo podía pagar. En esa gloriosa tarde que culminó con una compra masiva de revistas de Batman, fue cuando se ganó el apodo. Había una canción publicitaria con la que se promocionaba el Ital Park: «Los chicos lo conocen a Máximo Disfrute / Máximo Disfrute está en el Ital Park / el Ital Park es grande ¿en dónde lo encontramos? / ¡En los ojos de sus hijos lo hallarán!». La cantábamos mientras volvíamos tarde, de nuevo en taxi, del centro hacia Boedo. Éramos cinco. Se empezó a correr la bola de que en una calle de Boedo había un chico, un tal Máximo Disfrute, que la rompía.

Entonces desapareció por primera vez. La madre de Máximo había conseguido un trabajo cuidando una quinta junto a su hermana, en Córdoba. Así que adiós disfrute. Recuerdo que fue la primera vez que claramente extrañé a alguien. Pasaba caminando por todos los lugares donde solíamos ir y recordaba las frases de Máximo sobre tal o cual cosa. En la distancia, su figura se volvía mítica. Con el gordo Noriega, o el tano Fuzzaro, nos pasábamos la tarde recordando la vez que Máximo se enfrentó con los de la Placita Martín Fierro y –demostrando claramente que estaba loco– se les plantó cuando terminábamos un partido muy chivo y –en la mismísima plaza– les dijo que los iba a matar uno por uno. Al jefe de la placita, a Chamorro, eso le encantó, y en vez de romperle la crisma lo adoptó casi como un segundo. ¡De golpe y porrazo Máximo era un capo de la peligrosa Martín Fierro! ¡Tenía el aguante de Chamorro! ¡Un pesado que con sólo nombrarlo en cualquier lugar de Boedo ya daba miedo! A veces, Máximo venía a la vereda donde nos sentábamos a escuchar los discos de Led Zeppelin, y nos contaba, al pasar, que la noche anterior había estado con Chamorro, que se habían agarrado a trompadas contra los de Deán Funes, que se habían cojido minitas, que habían robado una farmacia que estaba cerrada y que casi los agarró la policía porque él se había colgado, cagando, con la linterna en la mano, en el baño del negocio. Según pudimos saber a través de Máximo, Chamorro sabía artes marciales y era muy frío y ventajero a la hora de pelear. Por eso gana siempre, tiene un arrebato pulenta, decía.

Chamorro también le había conseguido un trabajo en el Mercado de Boedo. Hacían el delivery para un carniza italiano que vivía en la calle Castro. Según

Máximo, un viejo cornudo hijo de puta que se había casado con una nenita que le habían enviado de Italia especialmente para que se la moviera. ¡Un delivery de carne fresca!

Con la plata que sacaba trabajando, Máximo se vestía con lujo según la moda de la época. Era un cheto de piel oscura. Camisas rayadas, chalecos azules, vaqueros Wrangler, bombillas y mocasines con unos flecos en el empeine. Íbamos a bailar a Casa Suiza, al Asturiano, al Hogar Portugués, y empezábamos a besar a las primeras chicas. Fue entonces cuando desapareció y yo anduve como bola sin manija, como perro sin dueño, como arquero sin arco... La ropa que me había comprado siguiendo el estilo de Máximo me parecía horrible, mi vocabulario había envejecido a la velocidad del sonido... Iba a tener que inventarme a mí mismo... Cuando, una noche de lluvia –me acuerdo bien de eso–, sonó el teléfono en casa y escuché su voz después de casi un año. Andrés, me dijo, estoy junto a un fuego con mi primo, y unos seis perros, por el ventanal se ve el bosque que es la parte de atrás de la casa que cuidamos... Tendrías que verlo, es un bosque pulenta, con ciervos y pájaros de todos los colores y caballos fosforescentes y lechuzas que hablan. ¡Era Máximo en todo su esplendor! Le dije que yo ahora tenía rulos –no me cortaba el pelo y se me había enrulado– y que eso les gustaba a las chicas. También le dije que lo extrañaba y le pregunté cuándo iba a volver. No lo sé, depende de mi vieja, dijo, estaría bueno que vos pudieras venir a recorrer este bosque, te metés en él y parece interminable, es como si creciera a

El bosque pulenta

su antojo a medida que uno camina. Y agregó: con mi primo nos matamos de risa todo el tiempo. Agarramos a los perros y nos perdemos en el bosque y cocinamos algo por ahí. Es bien pulenta. Sentí una mezcla de celos y un extraño furor. Supongo que pensé que la vida podía ser algo increíble si uno se encontraba en el bosque pulenta. Después hicimos un inventario de los chicos de la barra y finalmente nos despedimos. Pasó un año más hasta que una tarde abrí la puerta de casa y él estaba ahí. Pero ya no tenía la indumentaria cheta. Tenía un overol, una remera desteñida y el pelo duro de puercoespín había mutado por unos rulos inmensos. Se señaló la cabeza y me dijo: ¿esta es la onda, no? Y nos abrazamos. El Avatar estaba de nuevo en Boedo. Se había hecho la permanente y se había tatuado un árbol en el brazo derecho. Y empezaron rápidamente a sucederse las cosas.

Por ejemplo, esto. El tano Fuzzaro está en el living de mi casa. Parado, mojado, porque afuera está lloviendo. La campera inflable brilla bajo la luz del techo. Tiene la respiración agitada. Vino corriendo. Es un heraldo. No puede saber que en algún momento se va a comprar una moto y que vamos a andar los dos –cada uno en la suya– surcando Boedo como bólidos. Todavía no sabe que una tarde de frío nos vamos a dar un palo terrible en la Costanera y que él va a caer de cabeza al piso, sin casco, y que un telón de sangre va a bajar a través de sus ojos. Así es la vida, me va a decir mientras yo le trato de levantar la cabeza. Y después chau. Ya está, ya lo escribí. Ahora está impaciente por hablarme. Me hizo despertar por mi vieja. Bajo de mi pieza con la ropa del secundario todavía puesta. Me había quedado dormido con los pantalones grises, la corbata azul y la camisa celeste. Había estado escuchando Spinetta hasta morir. Ahora tengo la boca pastosa y le digo al Tano que se siente, que se saque la campera húmeda. Hay un quilombo bárbaro, me dice, estábamos con Máximo en el Parque Rivadavia y de pronto se le acercan unas chicas y... ¿Quiénes estaban en el parque?, le pregunto. Máximo, el japonés Uzu, los hermanos Dulce... Y de golpe, detrás de las minas saltan unos chabones que dicen, de guapos, que qué estamos haciendo ahí, y Máximo les dice que está en donde se le canta y, casi sin darles posibilidad de que le contesten, lo arrebata a uno y el chabón cae como un árbol. Y el otro se asusta y sale corriendo... Y ahora fueron unos pibes del Parque a lo del Japonés.

¿A la tintorería?, pregunto. Sí, a la tintorería, y le dijeron que el Parque Rivadavia está buscando a Máximo para surtirlo. Un tal Chopper. ¿Sabés quien es Chopper? ¿Chopper?, digo. Chopper ¡el que se bancó a los de la plaza Flores cuando pelearon en la puerta del Pumper!, dice. Ahora lo tengo claro. Chopper, un gordo medio rugbyer, un asesino a sueldo que se la pasa peleando en cuanto baile se hace por la zona... ¿Qué pensás, qué pensás?, gatilla el Tano. Pienso que la de Historia es una pesadilla de la que trato de despertar, le digo. ¿La de Historia, la vieja de historia?, dice. ¿Qué tiene que ver? Que tengo que estudiar toda esa mierda para mañana y no agarré un puto libro, le digo. Entonces mi mamá entra en el living y le pregunta al Tano si quiere tomar un café. No, gracias, se-

El bosque pulenta

ñora, le dice el Tano. Yo espero que mi vieja se vaya para su pieza y le digo al Tano: Tano, ¿vos sabés que Máximo se está dando? ¿Se está dando?, pregunta, mirándome fijo. Sí, que está fumando marihuana y toma pastillas, le digo. Lo inició el primo. A mí no me lo dijo nunca pero se lo contó a Chumpitaz. ¿A Chumpitaz?, salta el Tano. Más que Máximo se drogue, lo que le parece increíble es que se lo haya contado al imbécil de Chumpitaz. Ahora se saca la campera, tiene la cara desencajada. Bueno, dice, nosotros cuando éramos chicos tomábamos ese Talasa. Sí, lo hacíamos, le digo. Lo que dice Chumpitaz es que Máximo está vendiendo en la plaza Martín Fierro, con Chamorro. ¿Vendiendo droga? Sí, vendiendo. Y las pastillas lo deben poner más loco de lo que es, le digo. ¿Vos probaste?, dice el Tano. No, digo. Si no hablamos con él va a terminar en la cárcel, le digo. O va a terminar asesinado por Chopper, dice. Chopper, pienso, el que a la salida de la cancha de Ferro, se agarró a pedradas con la cana. Entonces el Tano parece recuperar su papel en el guión, y recuerda súbitamente para qué vino, para qué me hizo despertar tan tarde. Y me dice: mañana a la noche nos juntamos en la esquina de Maza y Estados Unidos, vamos a ir al Parque Rivadavia, para ver cuántos son. ¿Quién dijo eso?, digo. Máximo y los Dulces estuvieron de acuerdo. También dicen que va a venir Chamorro y pibes de la Martín Fierro, me larga, para darme a entender que vamos a estar bien pertrechados. Parece que los del Parque Rivadavia se reúnen a la noche bajo el monumento. La idea es seguirlos y después apretarlos cuando se van. ¿Y Chopper?, digo. De Chopper se encarga Chamorro, dice. Una pelea de titanes, digo. La Tercera Guerra Mundial, dice.

La esquina de Maza y Estados Unidos. Es una noche fría. Cuatro esquinas formadas por dos calles anchas, mucho cielo, ningún edificio y el farol del medio de la calle con su luz lunar. Por encima, y a los costados, la oscuridad y las frías estrellas. En las casas, algunas luces prendidas, el reflejo de una estufa o un televisor. Acabamos de hacer lo que hacemos siempre que nos juntamos y es invierno: amontonamos madera sobre la calle y prendemos fuego. Nos ponemos en círculo y el fuego es el núcleo. Está el gordo Noriega, el tano Fuzzaro, los hermanos Dulces, el Tucho feo, el japonés Uzu y yo. Esperamos a Máximo que va a venir con Chamorro y los pibes de la Martín Fierro. Hay una calma tensa. Estamos arriba de un avión y de un momento a otro vamos a tener que empezar a arrojarnos en paracaídas. De golpe, por la vereda de Estados Unidos, con un trozo de la avenida Boedo a sus espaldas, viene caminando apurado Chumpitaz. Tiene, como siempre, las manos en los bolsillos. Es capaz de pelear con las manos en los bolsillos. Lo habíamos mandado al Parque Rivadavia para que vea si debajo del monumento ya estaban los enemigos. Cuando pase el tiempo, Chumpitaz se va a casar con la gorda Fantasía y va a poner una remisería en Humberto Primo y Maza. Va a engordar –ahora es un grisín con el flequillo Balá– y va a tener cuatro hijas. Están todos ahí, dice, mientras le sale vapor por la boca. ¿Está Chopper?, pregunta el Dulce más grande. No, dice Chumpitaz, no me acer-

El bosque pulenta

qué mucho porque son un montón y el monumento está todo iluminado. ¿Pero está o no está?, repregunta Dulce, que tiene un mancha blanca de nacimiento en la cara. No sé, dice, nervioso, había dos grandotes que se estaban sacando los cinturones. Esto va para atrás, pienso, mientras tiro más madera al fuego. Quiero un fuego colosal. ¿Cuándo viene Máximo?, pregunta Tucho. Ya va, ya va, dice Dulce grande. Dulce chico tiene los ojos fijos en el fuego. ¡Miren!, dice el gordo. Cruzando la calle, debajo del farol, en diagonal, se acerca Musculito. Todos empezamos a cantar: Musculito Musculito Musculito / te rompemos / el culito. Musculito se sonríe. Tiene apenas diecisiete años y un cuerpo trabajado a full en un gimnasio. El pelo teñido con agua oxigenada. Los sábados desfila en Rigars, una casa de ropa masculina que queda en plena calle Lavalle. En el primer piso del negocio, hay un gran ventanal con una pasarela para los modelos que se pasean a la hora en que la gente sale de los cines. Nosotros íbamos a gritarle de todo a Musculito. ¡Puto, puto!, gritábamos. ¿Qué hacen quemando madera?, dice Musculito. Tiene un buzo estrecho y unos vaqueros ajustados. Estamos esperando a Máximo, salta Chumpitaz. ¡Entonces va a haber riña!, dice. Con los del Parque Rivadavia, dice Dulce grande, ¿por qué no venís, Musculito? ¿Están locos?, dice, con un tono de loca, los van a hacer pedazos. Yo tengo toda una vida por delante. Más bien por detrás, dice, irónico, el Tano. Chicos, dice Musculito, si mañana siguen vivos, que lo dudo mucho, ¿quieren venir a una exhibición de gimnasia con aparatos? Le gritamos de todo.

Los lemmings y otros

Dulce lo empuja. Musculito, que podría destrozarnos a todos juntos con los ojos cerrados, prefiere reírse. Después se me acerca. Otra vez siguiendo el carro de Máximo ¿no?, me dice. Los del Parque empezaron, le digo sin mirarlo a la cara. Musculito siempre me pone nervioso. Ese Máximo es un infradotado, dice. Ya se van a dar cuenta. Entonces pasa un colectivo rojo, inmenso, pasa por Maza y cruza Estados Unidos y detrás de él, como si el colectivo hubiese sido un telón metálico y ruidoso, aparecen Máximo y unos diez chicos. Tiene, a penas lo vemos, los ojos desorbitados y brillosos. Yo y el Tano lo miramos y nos miramos. Los muchachos son de la Martín Fierro, son gente de Vainilla, dice Máximo. Vainilla, un moreno con la capucha del canguro puesta, se adelanta y nos saluda con una inclinación oriental. Musculito se separa de nosotros, se apoya contra un Valiant negro que siempre está estacionado casi en la esquina. Nunca vimos a nadie manejarlo. Pero está impecable, brilloso. Chamorro se nos une allá, así que tranquilos, vamos a darles su merecido a esos boludos, para que sepan quién manda en Boedo, dice Máximo. ¿El Parque Rivadavia queda en Boedo?, pregunta el imbécil de Chumpitaz. Boedo queda donde estemos nosotros, dice Máximo. Eso me quebró. Esa frase, esa puta frase, dicha en ese momento de la noche, me puso la piel de gallina y los ojos húmedos. Todavía recuerdo la campera roja, inflable, de Máximo, contra el resplandor del fuego. Bueno, vamos, dice Dulce grande. El Tano me mira. Empezamos a caminar por Estados Unidos. Vamos a hacer Estados Unidos hasta avenida La Plata y vamos a entrar por Quito, por un costado del parque, detrás del monumento. ¡Chau Musculito!, le grito, ¡los que vamos a morir te saludan! Musculito se cruza de brazos y nos saca la lengua.

CHARLA CON EL JAPONÉS UZU, INVENTOR DEL BOEDISMO ZEN

Dicen que a Jimmy Page le salió mal una brujería y por eso se murió Tarac, el hijo de Plant, dice Uzu.
¿Se llamaba Tarac o Tarek?, digo
No sé. Pero de lo que estoy seguro es que el tipo se dedica a la brujería. ¿No viste los signos que usa en la ropa y en los discos de Zeppelin?
Zoso.
Ese, Zoso, que es una especie de invocación satánica. ¿Dónde tenés *Zeppelin Dos*?
En la otra pila.
Japón, ¿Viste qué bueno ese chaleco que tiene el hijo de puta...?
Ese que dice en letras grandes Zoso.
Es de Page, yo se lo vi a Page.
Ese. Me duele como la puta madre... Anoche no podía dormir del dolor...
¿Te hicieron radiografías?
Sí, de la cabeza y del brazo y creo que del tórax también.
Lo que pasa es que vos quedaste justo en el medio. Acá está.
¿Puedo ponerlo bajo?
Sí.
Este Winco. ¿Quién lo pintó de blanco?
Lo pintamos con el tano Fuzzaro una vez que nos dimos vuelta con Talasa. ¡Está bueno!

Para mí este disco es uno de los más grandes de la historia del rock, es como el *Sargent Pepper*... Vas a ver que lo van a copiar hasta el año dos mil...

Me parece que nos volvimos locos, no tendríamos que haber salido todos a la vez... Y ese Vainilla que parecía tan malo al final se metió en ese quiosco y se hacía el que compraba cosas...

¿En qué quiosco?

En uno de avenida La Plata, cuando empezamos a retroceder corriendo...

Pero vos ahí te paraste en seco y encaraste a ese animal del cinto

Sí, fue medio loco.

¿Qué le dijiste?

No me acuerdo. Pero ahí me empezaron a pegar de todos lados y Máximo me gritó algo pero no sé qué. Japón, ¿sabés que de golpe tengo una sensación extraña? Como si perdiera el sentido de las cosas. Es como si de golpe me sumergiera en el fondo del agua y escucho todo bajo esa campana de silencio que hay cuando uno está nadando al ras del piso de la pileta, ¿viste?

Le dijiste eso al médico.

Sí, me dijo que podía ser por el shock de la pelea y los golpes. Me hizo un electroencefalograma pero salió todo bien.

Yo lo vi a Máximo gritando como loco y se metió en el medio donde te estaban pegando a vos con un palo que no sé de dónde lo sacó...

Dulce grande estaba tirado boca abajo, sobre la calle, ¿estábamos sobre la calle?

Ustedes sí, yo venía detrás, yo vi los patrulleros y a esas viejas que empezaron a gritar... pero al tal Chopper no lo vi por ningún lado.

Ni a Chamorro.

Anda diciendo que va a ir él solo al parque. Que vaya. Lo van a matar.

Nosotros empezamos a correr por Venezuela cuando cayó la yuta.

A mí me agarró Máximo y me metió en un taxi. Estaba aturdido. Máximo sangraba por toda la cara.

¿Fueron al Ramos Mejía?

No. No teníamos plata para pagar y ni bien salimos de ese quilombo Máximo le dijo al tipo que no teníamos un mango y nos hizo bajar. Yo bajé por un lado y Máximo por el otro. Pero no lo volví a ver.

¿Cómo puede ser?

Como te digo. El taxi arrancó y yo estaba solo. Máximo, Máximo grité. Pensé que se había quedado en el taxi, pero me acuerdo que los dos bajamos a la vez. De ahí volví caminando hasta casa. A medida que me enfriaba me dolía el alma.

El misterio de Bruce Lee.

Lo mataron porque estaba dando a conocer los secretos de las artes marciales, ¿no?

Sí. Lo mataron con un golpe. Cómo.

Un tipo se lo cruzó por la calle y apenas lo tocó. Pero como era un experto, con ese golpe bastó para que a la semana Bruce se muriera.

Se parece a lo que me contaste la otra vez con el maestro de té. Es así. Si vos sos un maestro de té, impecable en el arte de la preparación del té, también podés pelear con cualquiera y matarlo a golpes porque sos impecable. Tenés impecabilidad.

¿Es decir que si yo fuera un maestro del té podría haber fajado a todo el parque Rivadavia?

Exacto. Voy a poner *Zeppelin uno*. Este también está rebueno. Es genial. Igual que *House of the holy*.

O *Physical Graffiti*.

Ese es mortal. ¿Y Máximo?

Nadie lo vio. Ya va a aparecer. Seguro que anda en Padua. Máximo es impecable.

Sí.

CASA CON DIEZ PINOS

para Quique Fogwill

Desde que empecé a publicar, la gente me pregunta: «¿Esto es autobiográfico, no?». O: «¿El personaje sos vos, no?». Así que voy a empezar por decir que todo lo que se va a narrar aquí es absolutamente verídico. Pasó realmente como lo voy a contar. Eso sí, me tomé la licencia de cambiar algunos nombres. El único personaje que mantiene el suyo es mi amigo Norman. Si lo conocieran, verían que no es necesario cambiárselo. Y los reales seguidores del realismo, con sólo ir hasta la esquina de Córdoba y Billinghurst, podrán comprobar que el bar que regentea mi amigo Norman, llamado Los Dos Demonios, existe. Tiene una pareja de leones dorados custodiando la entrada.

Norman es inmenso, rubio, melenudo. Usa camisas negras, capa negra, zapatillas negras. Su héroe preferido es Batman. Tiene muchísimos collares y siete anillos que distribuye entre los diez dedos. Un anillo tiene la cara del Hombre Araña, otro la S de Superman. Otro dice NOR. Y otro dice MAN. Fuma unos cigarros largos y finos. Y sólo come con whisky. Vive de noche. A eso de las tres de la mañana, se pone detrás de la barra de Los Dos Demonios y empieza a pasar música. Ese es el momento que más me gusta. Norman es un DJ ecléctico: pasa boleros, tangos, canciones infantiles («La gallina turuleta», «Xuxa»), hits de los setenta: Eleno, Sandro, Cacho Castaña, y rock nacional.

El bar de Norman es chico. Una barra, un par de mesas, muchos espejos. En las paredes, empotradas, hay peceras con peces verdaderos y barcos de piratas hundidos. Los tapizados de las mesas son de cebra. Unos corazones luminosos, rojos, se desperdigan al tuntún por todo el lugar. Parece como si alguien hubiera improvisado una boat en la habitación de un hotel alojamiento.

La clientela es variada. Al igual que en el bar de *La guerra de las galaxias*, viene gente de todo el universo: minas con tres tetas, traficantes de Orión, contrabandistas de Venus, músicos de rock, ex futbolistas...

Norman me quiere porque mi mamá, cuando él era chico, lo trataba como a un hijo más. Después de que pudo terminar la primaria, no sabía bien qué iba a hacer con su vida. Entonces aprendió a cortar el pelo. Uno de sus clientes le tomó cariño y le propuso que fueran socios en una casa de citas. Ahí encontró su vocación. Cerró la casa de citas, abrió el bar y trajo a las chicas a trabajar con él.

Ahora son más de las cuatro de la mañana. Estamos en la barra y Norman pasa música y me pasa tragos. Tengo el pelo mojado por la transpiración. En un costado, en el medio de una caja de cigarrillos y un cenicero inmenso, están los poemas manuscritos del Gran Escritor. Pasé todo el día con él. Me encadenó a su show. Es por mi puto trabajo. A medida que el whisky me empieza a hablar al oído, se me ocurren ideas. ¡Los pensamientos brotan de mi cabeza como el sudor!

La jornada empezó bien temprano. Ducha, traje y corbata. Taxi hasta la editorial. Trabajo en prensa para la editorial Normas. Ese día me había sido asignada la tarea de pasar a buscar por el hotel al Gran Escritor, llevarlo a pasear y finalmente conducirlo hacia un café librería donde iba a tener una charla con sus fans.

El Gran Escritor vive en París y una vez por año pasa por el país que lo vio nacer para promocionar sus libros. Desde los años sesenta viene publicando una obra, según mi juicio, fundamental. Las novelas *Mertiolate*, *Agua viva*, *Comas y más comas* y el libro de ensayos *Para una literatura sin botulismo*, no tienen nada que envidiarle a las de cualquier gran escritor europeo.

Llegué al hotel quince minutos antes de lo acordado, así que me fui a la barra de la confitería y me tomé un café con agua mineral. Pasé los gastos a la habitación del Gran Escritor, la 99. Después atravesé el vestíbulo, y me hice anunciar por el recepcionista. El Gran Escritor me dio el OK. «Dice que suba», me dijo el conserje. Y le hizo señas a un muchacho disfrazado de granadero que se acercó para acompañarme. «Él me guía a mí hacia el Gran Escritor y después yo voy a guiar al Gran Escritor hacia sus fans», pensé mientras *ascendíamos* en el ascensor.

El joven soldado de San Martín golpeó la puerta

y se retiró. Me quedé mirando el 99 plateado unos segundos, hasta que me percaté de que una voz me pedía que entrara.

Ahí estaba, parado en medio de la habitación, desnudo, salvo por una toalla que sujetaba en la cintura. Tenía el pelo mojado, peinado hacia atrás, la nariz aguileña, tetas grandes y una barriga inflamada.

–Cómo le va –me dijo, extendiéndome la mano húmeda.

–Muy bien –dije.

–Dígame, ¿no nos teníamos que encontrar más tarde?

–No que yo sepa.

–Estos de la editorial creen que uno no hace nada por la noche. Me estaba bañando cuando me avisaron que usted estaba abajo.

–Si quiere puedo ir a dar un par de vueltas y lo paso a buscar más tarde.

–Y también creen que uno no sabe moverse solo por Buenos Aires.

–Si le parece puedo no venir en todo el día y directamente nos encontramos en el lugar de la charla, es un café que queda acá cerca...

–Espere, espere... voy a vestirme. ¿Cómo se llama usted?

–Sergio Narváez.

–Muy bien, Sergio, espere.

Me quedé parado en el medio del living. El Gran Escritor desapareció detrás de una puerta. El cuarto donde yo estaba tenía un ventanal que daba a un patio interno, donde se veían otras ventanas cruzadas por cables que zigzagueaban a la marchanta. Mis zapatos se hundían en la alfombra peluda y blanca. En las paredes colgaban unos cuadros horribles sobre puestas de sol, mercados callejeros y barcos. No me di cuenta de que el Gran Escritor, desde la otra pieza, me estaba hablando. «¿Qué?», le pregunté en voz alta. «¿Usted conoce a Pablo Conejo?». Me lo habían advertido. El Gran Escritor odiaba a otro de los escritores de la editorial. Pablo Conejo es un mexicano que escribe libros de autoayuda que se venden como Coca Cola. Es uno de los puntales económicos de la editorial. A cambio de varios Conejos, Normas se puede dar el lujo de editar al Gran Escritor. «¿Si lo conozco en persona?», pregunté. Como el Gran Escritor no me contestó nada, intenté armar una frase: «Lo conozco sólo por fotos. Cuando él vino para la feria del libro yo todavía no trabajaba en Normas». «¿Cuánto está vendiendo su último libro?», me preguntó la voz desde el otro cuarto. «¿Su último libro?... No sé... pero creo que un montón», dije. «¿No me lo podría averiguar?», insistió la voz. Me quedé callado. «Ahí tiene un teléfono, puede llamar a la editorial mientras me cambio», me dijo el hijo de puta. Agarré el teléfono, pedí con la editorial y escuché al contestador automático: usted está hablando con la editorial Normas, si conoce el número de interno, dísquelo, si no, espere y será atendido por la operadora. Corté. «La gente que se encarga de las ventas todavía no llegó, pero en un rato le tengo el dato exacto», grité. Justo cuando el Gran Escritor salía del exilio de su pieza. Se había puesto un traje sport, zapatos negros y estaba transpirando.

Recordé el latiguillo de un amigo: «A los escritores no hay que conocerlos, hay que leerlos».

Al rato estábamos en un taxi que apestaba a la colonia del Gran Escritor, quien parecía respirar con dificultad. Afuera hacía un calor infernal. El Gran Escritor quiso pasar por algunas librerías céntricas para ver si sus libros estaban bien expuestos. Por eso bajamos del taxi varias veces y hablamos con los encargados de algunos locales. Los libros estaban bien adelante, en la vanguardia. Normas sabe lo que hace. El Gran Escritor quiso un ejemplar del último de Conejo. Dijo que estaba escribiendo un ensayo sobre esa literatura. «De mierda», remarcó. Como para sacarlo gratis tenía que llamar a la editorial, decidí pagarlo con lo que me habían dado para viáticos. Volvimos al bendito taxi con el libro de Conejo. Salimos a los tumbos porque la calle estaba mala. El Gran Escritor hojeaba al tuntún. Murmuraba palabras en francés. Sacaba vapor por las orejas. Los vidrios del auto se empañaron.

Milanesas, ensalada, flan con crema, café. Yo lo mismo. El Gran sacó un puro inmenso. El aire acondicionado del local me cacheaba. El Gran Escritor quiso saber mi edad y si yo también escribía. Pero antes de que le pudiera contestar, se largó con un rap. Dijo que para escribir había que ser humilde, que la literatura de masas es el enemigo de la literatura seria, que uno trabaja y trabaja pero nunca se termina, que las ambiciones son enormes y los resultados son deformes, que siempre hay que preocuparse por cambiar, que la literatura de X era una mierda, que lo que escribía Z sólo era publicable entre idiotas. Aspiró, largó humo. Se quedó callado. Me hubiera gustado preguntarle si en algún momento se había dado cuenta de que yo estaba a su lado desde la mañana. Pero en cambio le dije que leerlo me ayudó a escribir, que yo encontré mi voz hurgando en sus novelas. «¿Le gusta mi obra?», me preguntó mientras usaba un mondadientes de chupetín y me miraba de reojo.

Después de parar en un locutorio para chequear sus mails, de caminar por una plaza inmensa y de comer un helado de parado, nos sentamos en un café muy chico, con poca luz y con ventiladores enormes. Con el fondo del ruido mecánico de esos aparatos, el Gran Escritor fijó su mirada melancólica en la calle y me dijo: «Una vez, cuando era muy joven, me tocó acompañar a Borges en una visita que hizo a mi pueblo... Era un tipo muy divertido... Me acuerdo que la noche anterior casi no pude dormir... Si usted va a ser escritor tiene que leer a Borges... Sobre todo el Borges de *El Aleph*, *Ficciones*, *Discusión*... Después empezó a repetirse ¡y es un poeta malísimo!».

El Gran Escritor se quedó rumiando algo. Entonces, como si fuera un médium en trance, me empezó a dictar el super canon: Borges, Macedonio, Juan L. Ortiz, Faulkner, Onetti, Musil, Joyce, Kafka. Me parecía estar en la cancha escuchando a La Voz del Estadio pasar la formación de un equipo de muertos. Cuando el listado pareció llegar a su fin, yo, tímidamente, le pregunté si le gustaba Ricardo Zelarayán. «¿Zelarayán?», me dijo. «¿Es un escritor argentino?» Le dije que sí. Se quedó pensativo un rato largo, mirando la mesa, la tacita blanca de café. Era Anatoli Karpov pensando qué pieza mover. Después agachó el mentón, se durmió, roncó, pedorreó.

El café librería estaba repleto. Entramos abriéndonos paso entre el gentío. Muchos tenían sus libros –los del Gran Escritor– en la mano, para ser firmados. Un joven guapo –también escritor– iba a presentarlo. Cuando mi enlace, es decir, mi compañero de Normas que se tenía que encargar del Gran Escritor mientras durara el evento, me dijo el nombre del muchacho, me di cuenta de que lo había leído: era un clown del Gran Escritor. Uno más parecido a esos tipos curiosos que andan por ahí imitando a los Beatles.

La performance estuvo perfecta. El Gran Escritor hizo chistes, despedazó a otros escritores –se ensañó especialmente con García Márquez– y terminó leyendo un fragmento de una novela in progress. El Mini Escritor dijo una sarta de boludeces, nombró a Deleuze y habló de la influencia del Gran Escritor en la literatura argentina.

A pesar del violento aire acondicionado del café, el Gran Escritor transpiraba como si estuviera en el horno de Banchero. Tanto que las manos se le hacían agua y se le resbalan los libros que le daban para que estampara su firma.

La cosa terminó con un clásico de los eventos literarios: todos a cenar –los de la editorial, el clown, algunos fans y amigos– en un bar de las inmediaciones donde –eso sí– hicieran asado, ya que esta comida típica nuestra era un motivo recurrente, «un símbolo ontológico», según explicó el Mini, de la obra del Gran Escritor.

«Antes de que se vaya quisiera mostrarle algo», me dijo, mientras se tambaleaba por la alfombra peluda y blanca de su suite. Los libros del Gran Escritor están llenos de comas, y en la cena, el tipo se había tomado un vaso de vino por cada una de las comas que puso en todas sus novelas. Entró al dormitorio hablando en voz alta, buscando algo, pero yo, despatarrado en un sillón, apenas lo escuchaba. No veía la hora de poder zafar hacia lo de Norman y sacarme el día de encima duchándome con unos buenos whiskys.

Al final, a los tumbos, el gran escritor consiguió salir de la pieza por donde anduvo rebotando y se sentó en el suelo, frente a mí. Como pudo se sacó los mocasines y me mostró una carpeta negra donde estaban enganchados con ojalillos unos poemas de su puño y letra. «Esto es lo más importante que escribí en mi vida», me dijo. «La poesía se escribe a mano», me dijo. Hablaba como un compadrito. «Nada de lo que escribí se puede comparar con esto. Acá está mi alma.» Miré la carpeta negra, rugosa, las hojas escritas con tinta azul en una letra grande y redonda. «Tal vez –empezó a decir lentamente– si alguien los pasara a la computadora...» Fue clarísimo. El Gran Escritor me había elegido de secretario. No dudé ni un segundo. Le dije que era un honor enviar sus poemas a la realidad virtual. Y sin dejarle emitir un mísero sonido, agarré la carpeta, le estreché la mano como pude –el brazo se le molía como la trompa de un elefante arisco– y salí del cuarto echando putas. Sin mirar para atrás.

Los lemmings y otros

¡Los pensamientos brotan de mi cabeza como el sudor! Norman, parapetado detrás de la barra, hace mímica y tararea las canciones que pone. ¡Es un karaoke infernal! Yo canto, bebo, todo el bar empieza a estar bajo la luz amarilla del whisky. Abro la carpeta con los poemas del Gran Escritor. Leo uno sobre un paso a nivel, con chicos que ponen monedas en las vías para que las alise el tren. ¡Qué boludez! Y también está el infaltable sobre Rimbaud

Giro hacia mi izquierda, las chicas de Norman cuchichean en una esquina. Las veo por el rabillo del ojo. Parecen cuervos.

Hay también hombres con sombreros de cowboys, astronautas, reptiles. ¡Todos cantan la más maravillosa música, que es la música de Norman! «¡Ésta es para vos, papá!», me dice mientras me agarra la mano y me atrae por sobre la barra para que lo bese. Y después, como Maradona en México cuando giró para dejar solo a Burruchaga frente al arquero nazi, pasa de «Trigal», de Sandro, a «Una casa con diez pinos», de Manal, una de mis canciones preferidas. La que siempre le pido que ponga. ¡Toda la filosofía especulativa del mundo se hace trizas frente a la letra de esta canción! ¡Vayan a laburar Kant, Hegel, Lacan y demás enfermos mentales! ¡Ahora sí que funciona la martingala cerebral! *Una casa con diez pinos. Una casa con diez pinos. Hacia el sur hay un lugar. Ahora mismo voy allá. Porque ya no puedo más.* Abro la carpeta, arranco las hojas con los poemas. *Un jardín y mis amigos, no se puede comparar, con el ruido infernal de esta guerra de ambición.* Norman aplaude con las manos en alto, todo el bar lo sigue. Empiezo a regalarles los poemas a las chicas. «Son flores de papel», les digo. Se ríen. *Para triunfar y conseguir dinero nada más, sin tiempo de mirar, un jardín, bajo el sol, antes de morir.* Casi todo el bar tiene en sus manos un poema. Si alguien nos viera desde afuera, pensaría que estamos ensayando una canción, que somos un coro de monstruos. *No hay preguntas que hacer. Sólo se puede elegir oxidarse o resistir, poder ganar o empatar, prefiero sonreír, andar dentro de mí, fumar o dibujar. Para qué complicar, complicar.*

ASTERIX, EL ENCARGADO

Para Alejandro Lingenti

«Teníamos un gato al que llamábamos Carlitos Carlitosh.»

RODOLFO HINOSTROZA

Voy a contar cómo tuve mi único satori. Estaba en la casa de mi amigo Quique Fogwill, un publicista aficionado a la literatura. Era un día de semana cualquiera de un verano tardío. En pleno otoño las ventanas abiertas, la humedad al mango. Fogwill y yo en mangas de camisa, ojotas, sandalias. Tomábamos té frío. Si un fisgón nos hubiera espiado desde el balcón de enfrente, podría haber creído que tomábamos whisky, ya que el líquido estaba servido en vasos de vidrio gordos y enanos.

Fiel a su costumbre, Quique me recomendaba las lecturas de cabecera de los últimos meses. En medio de ese pajar de autores sobresalió uno que se encontraba en el podio de su gusto, al menos esa semana. Cuando me pasó el libro y me susurró una breve reseña, se enruló con el dedo índice los pelos enmarañados. Este gesto, tan propio de él, significaba que el autor lo había perturbado: *Austerlitz*, de un tal Sebald, novelista alemán.

Los lemmings y otros

Me lo llevé a casa, prestado, en una edición española. Lo empecé a leer y, a las cuarenta páginas, me demolió. Lo confieso. Era otro libro de un alemán hiperculto que se encuentra con un tal Austerlitz que es más culto aún que él. No puede pasar una mosca sin que este Austerlitz la rodee de todo el pensamiento occidental. Y, para colmo, Austerlitz se parece físicamente ¡a Wittgenstein! ¡Los novelistas en lengua alemana están enamorados de la leyenda de Ludwig! El sobrino de Wittgenstein, el primo de Wittgenstein, el cuñado de Wittgenstein, etcétera... Así que dejé el libro humeando sobre la mesa. Los ojos me ardían como si fueran dos velas en las últimas. Me serví un whisky. Y de golpe, como le pasa a Kevin Costner en *El campo de los sueños*, empecé a escuchar una voz que repiqueteaba en mi cabeza: primero decía, claramente, ¡Austerlitz!, ¡Austerlitz!, pero después iba declinando a ¡Asterix!, ¡Asterix!... Era una voz familiar, pero no lograba identificarla... Me serví otro whisky. Asterix, claro. El portero del edificio amarillo donde viví a lo largo de tres años cuando empezaba mi dorada veintena... Una historia complicada, con dos asesinatos...

Les voy a contar la historia de Asterix, el encargado del edificio amarillo, y de cómo tuve satori.

El verdadero nombre de Asterix era Rodolfo, pero todos lo llamábamos como el galo del cómic francés porque se le parecía mucho. Había nacido en Entre Ríos, de padre alemán, del cual había heredado su piel rosada y los pelos amarillos que le crecían, largos y desprolijos, contrastando con la incipiente calvicie que le coronaba la testa. De su madre, una entrerriana enteca y, según su recuerdo, nerviosa mujer, le había tocado la baja estatura, la panza prominente y las piernas chuecas. A diferencia de Austerlitz, Asterix no había estudiado nada, reflexionaba muy poco (o lo hacía mucho pero no lo contaba) y sólo soltaba unos pequeños monólogos que se solían alargar si estaba bajo los efectos etílicos de la cerveza, bebida que ingería, en sus ratos libres, en cantidad. Por lo demás, su vida era tan simple como la vestimenta que usaba: camisa y pantalón de trabajo Grafa azules, botas náuticas amarillas para baldear la vereda y, en invierno, una campera de cuero negra que le había quedado de un anterior trabajo en una estación de servicio de la avenida Nazca. Le gustaba ir a las veladas de boxeo –lo acompañé a una pelea entre dos paraguayos en el club Yupanqui– o a gastar la noche que tenía libre en los bailes de Constitución. Vivía en un pequeño cuartucho que le tocaba por ser el encargado del edificio. Un rectángulo con una cocinita kitchenet, iluminado por una bombita pelada. El único lujo con el que contaba era un ventanal que daba a un patio interno. Asterix casi nunca lo usaba, ya que siempre estaba lleno de basura que los inquilinos arrojaban sin darle importancia: paquetes de cigarrillos, preservativos, a veces hasta algún corpiño. En una repisa pequeña que estaba contra una de las paredes, guardaba latas de comida, yerba, azúcar y, como si fuera una biblioteca improvisada, dos libros de poemas que yo había publicado y que él me había pedido como un cumplido. Estaban insertados entre las lentejas y el café. Esos delgados volúmenes, más una instantánea donde nos abrazábamos en la vereda del edificio, llevó a la policía a golpearme la puerta.

Asterix se había ganado la titularidad de la portería después de una pelea palmo a palmo contra Ray Ban, el anterior super encargado. Llamado así por llevar siempre esos típicos lentes oscuros de policía, los cuales combinaba con un jopo tupido y engominado que brillaba al sol. Ray Ban se acostaba con varias de las mujeres casadas del edificio amarillo. Y fue este vicio, más su haraganería crónica, lo que terminó por dejarlo en la calle después de una tumultuosa reunión de consorcio presidida por el señor Crusciani, uno de los grandes alces producidos por las inquietudes sexuales de Ray Ban.

Asterix, hasta el día del juicio final a Ray Ban, era su ayudante, y en las vacaciones, su virtual suplente. Los quince días de verano en que Ray Ban se las tomaba, Asterix no dejaba pasar su oportunidad. Silencioso y trabajador como una hormiga, se preocupaba por que todo estuviera funcionando a la perfección: los ascensores aceitados, el hall de la entrada refulgiendo de limpieza. Cualquier desperfecto menor en los departamentos era solucionado al instante por él. Las mujeres se la pasaban elogiándolo. Si este muchacho hubiera estudiado sería Einstein, decía la Cuca del segundo «A» después de que Asterix le recuperara el lavarropas que boqueaba aceite.

Ahora les tengo que hablar de mí. De cómo llegué al edificio amarillo y esas cosas. Yo tenía veintidós o veintitrés años y también me hallaba en lo más profundo del hecho consumado. En una fiesta donde se presentaba una revista de poesía, conocí a una chica que me intrigó rápidamente porque estaba dormida en un sillón en el medio de un gran estrépito general. La chica parecía una Pizarnik de bolsillo. Toda vestida de negro, con zapatones inmensos similares a esos teléfonos viejos de Entel. En un escenario improvisado, Rodolfo Lamadrid, el crédito local, recitaba sus poemas con el tono de un presentador de boxeo. La gente aplaudía y se reía a rabiar porque los poemas eran muy graciosos. Después empezó a tocar una banda heavy. Pero la bella durmiente ni se inmutó. ¿Por dónde andarás?, me pregunté, y como si este pensamiento me activara un resorte, agarré un volante que habían estado repartiendo unos melenudos y en el dorso escribí «Basta que miremos demasiado fijo una cosa para que empiece a resultarnos interesante» y le agregué el teléfono de la casa de mis viejos. La cita era del enfermo de Flaubert y la elegí porque no era del todo elogiosa. Hice un sobre con el papel y, despacio, me acerqué hasta ella y se lo puse entre el brazo derecho y el estómago. Ni se mosqueó. Una semana después, mi hermano me despertó y me pasó el teléfono. Soy la cosa, me dijo una voz ronca. Empezamos a salir. Y yo terminé viviendo en el departamento de un ambiente que ella alquilaba en la calle Yerbal, frente a las vías por donde pasa el tren del Oeste. Era el edificio amarillo. Me acuerdo de que Ray Ban me miraba desconfiado la tarde en que yo entraba mis pocas pertenencias. Creo que nunca en mi vida he estado tan cerca de vivir de acuerdo a lo que los japoneses llaman *Wabi*.

Los lemmings y otros

Es decir, pobreza elegida: sólo una mochila con mi ropa, unos libros y unos discos.

La chica en cuestión se llamaba Susana Marcela Corrado. Y toda su estrategia vital estaba puesta en aniquilar la larga trivialidad de su nombre. Su pelo cortado en flecos, a lo punk, a veces estaba teñido de un rojo sanguíneo. Así como otros toman café, fuman o comen caramelos, ella chupaba, a cucharadas, pasta dental. A veces, cuando la besaba, me ardía la lengua. Una noche terminé en la guardia de Santa Lucía porque me lamió un ojo y me lo dejó irritado. También era aficionada a la marihuana.

Susi trabajaba con su amigo Nick –cuyo nombre real era Juan Salvador– en una peluquería que éste había heredado de su padre en una galería de Palermo Viejo. A la galería iba gente moderna a hacerse cortes extravagantes en el local de Susi, a tatuarse en el local del gordo Arizona o a comprar discos en la mini disquería de Salomón. Susi y Nick habían sido algo así como novios en la ya remota secundaria y ahora se propagandeaban como «los mejores amigos del mundo».

El departamento bonsai del edificio amarillo donde vivíamos con Susi era un ambiente rectangular, con cocina, baño y lavadero. Teníamos un colchón en el piso, apoyado sobre esterillas que Susi había comprado en la feria de El Tigre, una mesa de vidrio apoyada sobre caballetes arriba de la cual caía una lámpara de techo, un televisor que guardábamos en el ropero cuando no lo usábamos. Y un gato.

El gato merece unas breves palabras.

La gata que tenía un ex novio de Susi tuvo familia. Unos seis o siete gatitos. De todos ellos, quién sabe por qué, había uno que la gata no alimentaba. Era raro, porque parecía sano. Las gatas dejan de alimentar, en su costumbre espartana, a los que tienen problemas para vivir. Pero este gatito parecía tener una maldición que sólo su madre veía. La cosa es que Susi se lo pidió a su novio y se lo llevó con ella. Y dándole inyecciones lo convirtió en ese cabezón blanco y gris, peludo, que se paseaba por el monoambiente. Tal vez fue ese abandono materno lo que lo convirtió en un gato agresivo. No le gustaba la gente extraña y había intentado atacar a varios amigos nuestros. Pero con nosotros era otra cosa. Solía dormir apoyado sobre mi pecho, ronroneando, mientras yo leía tirado en la cama. Como yo no hacía nada, y el gato tampoco, nos hicimos íntimos amigos.

Y ahora que pasó el tiempo y lo pienso bien, él cumplía una función metabolizadora en nuestra pareja. Como la de esos tomates de plástico que contienen un carbón para que se le adhieran todos los olores de la heladera.

La semana en que estuvo perdido –esos días en que este suceso inició mi amistad con Asterix– nuestra pareja anduvo al garete, rumbo al témpano.

Lo cierto es que una noche abro la puerta del departamento y me encuentro con el gato, con los ojos desorbitados, arañando el aire y rugiendo parado sobre la mesa de vidrio, bajo el cono de luz de la lámpara. A un costado, Susi, con la cara desencajada y una frazada en las manos. ¿Qué pasa?, le digo. El gato está en celo y se volvió loco, me quiso atacar, me dice.

Los lemmings y otros

Lo rodeamos. Yo trato de calmarlo pero no me reconoce. Ruge más fuerte y se pone en clara posición de ataque. Se ve musculoso bajo la lámpara. Es el karate cat. Entonces Susi consigue tirarle la frazada y cae el telón sobre nuestro nervioso amigo. Lo sujetamos como podemos y lo llevamos al veterinario metido en un canasto. El veterinario es un tipo joven, amable. Le da una inyección y el gato palma. Los gatos tienen celos muy fuertes, chicos, nos dice. Y aconseja que lo castremos. Porque puede ser peligroso, los puede atacar en cualquier momento mientras le dure el celo. Y tampoco es cuestión de estar dopándolo todo el tiempo. Pero con Susi no queríamos castrarlo. Le dijimos al veterinario que lo íbamos a pensar y nos tomamos un taxi con el gato dopado en el canasto. Mientras viajábamos el animal se hizo pis y un olor poderoso se instaló en el aire. El tachero nos miraba por el espejito retrovisor. Finalmente, cuando llegamos al edificio, nos encontramos con Asterix, que por algún motivo estaba a las doce de la noche en la puerta, tomando fresco. Yo nunca había hablado hasta entonces mucho con él, salvo algunos saludos ocasionales. Pero cuando nos preguntó, con tono amigable, de dónde veníamos, le contamos la historia del celo del gato. Me acuerdo que me llamó la atención, y después se lo hice notar a Susi, que Asterix tenía dos curitas en la cara y magullones en un costado de la frente. Sin embargo, no le pregunté nada acerca de esto y sí le conté con lujo de detalles cómo hicimos para neutralizar al animal y meterlo en el canasto donde ahora dormía meado. Susi se disculpó y subió con el gato y yo me quedé un rato más fumando un cigarrillo y relajándome en la puerta. Entonces fue cuando Asterix sugirió que, para no tener que castrarlo, podíamos bajarlo al garage mientras le durara el celo y así podía salir de parranda. Si, eso es, dijo exactamente «de parranda». Le ponemos su plato de comida en un costado del garage, para que se ubique, y cuando se le pasa el celo, lo subís de nuevo, me dijo. Y me afirmó que él ya había hecho este experimento con otros gatos y que no pasaba nada, que los gatos eran independientes, no como los perros. Yo te lo miro, me dijo, vos lo bajás todas las noches, cuando se prende fuego, y por la mañana lo volvés a subir y listo, me tranquilizó. Le dije a Asterix que lo iba a pensar y seguí fumando el cigarrillo. Se produjo un silencio largo entre los dos. Y no me sentí incómodo. A veces la gente cree que se entra en confianza hablando con alguien, pero en realidad es en el silencio cuando uno se conoce realmente con otro. Tiré el cigarrillo, me despedí y antes de acostarme ya la había convencido a Susi de que lo mejor era el plan de Asterix. Antes de tener que cortarle los huevos a alguien, hay que agotar todas las posibilidades.

Y después todo pasó más rápido que un día de franco. Temprano, me despertó la voz de Asterix en el portero eléctrico. Susi estaba desmayada en la cama y balbuceaba algo que no entendí. La noche anterior habíamos empezado el experimento para combatir la calentura del gato. Me vestí a los tumbos y bajé en el ascensor con el cerebro todavía dormido. En el garage del edificio estaba Asterix hablando con un tipo que parecía muy nervioso. Detrás de ellos se abría la boca de una camioneta donde había explotado una bomba de pelos. La camioneta era del tipo; los pelos, sin dudas, del gato, que durante la noche, para buscar calor, se había metido adentro del motor. Cuando el tipo lo encendió, el gato giró en la correa, rompiéndola y rebanándose pelos y piel. Lo raro es que no había sangre. Y el gato no estaba por ningún lado. O estaba muerto y lo habían tirado a la basura y no me lo querían decir. No, no, me juró el tipo, que vivía en el octavo «B»; él había visto cómo el gato salió disparado por debajo del motor y se perdió detrás de los otros coches que estaban estacionados. Así que empezamos los tres, con Asterix y el tipo, a golpear los autos para ver si el gato se había metido en otro motor. Pero no aparecía. Recorrimos palmo a palmo el garage hasta que llegamos a la conclusión de que el gato había salido hacia la calle a través de las rejas. Los gatos se encogen y pasan sin problemas entre los fierros, me dijo Asterix. Me pareció que si el gato estaba en la calle, por primera vez, y encima con ese frío y herido, estaría desesperado. Y me embargó un poderoso terror animal.

Esa noche me puse el sobretodo y salí a buscar al gato. Hacía un frío mortal. Recorrí Yerbal mirando atentamente entre los autos. Del otro lado de unas rejas, paralelas a la calle, estaban las vías por donde pasaba el tren de carga y, un poco más allá, las del tren con pasajeros que aún sale de la estación de Once. En esos lugares suele haber gatos y linyeras. Pero como todo estaba iluminado por unas pocas luces de neón, no podía ver bien. Entre medio de las vías, había unas casillas que, imaginé, serían los depósitos del ferrocarril. Yo veía unas sombras ahí, pequeños bultos que se movían al ras del piso. Pero para estar más seguro de que se trataba de gatos tenía que saltar el alambrado y acercarme mucho. Cuando volvía de la ronda nocturna, me encontré con Asterix, que fumaba refregándose las manos y moviendo los pies para calentarse, en la puerta del edificio. Le conté lo que había hecho y que no me animé a saltar porque estaba muy oscuro. Vení, me dijo, y abrió la puerta del edificio. Lo seguí. Bajamos una pequeña escalera y abrió una puerta lateral, que daba al sótano. Había unos caños inmensos que se perdían por un pasillo. Los caños venían desde el techo, muy alto. Y se conectaban con la caldera. El piso estaba húmedo y el olor era similar al que hay en las tintorerías. Colgados de los caños y por todos lados, como si fueran la vegetación del lugar, se amontonaban trapos de piso, baldes de plástico, secadores y otros instrumentos de limpieza. Me resulta difícil describir el lugar por donde Asterix me llevaba. De golpe, los caños se acercaban a nosotros y las paredes se encogían y estábamos atravesando un túnel con el techo casi tocando nuestras cabezas. El olor se hacía más intenso y una luz poderosa latía en el final de nuestro camino. Yo veía el resplandor que formaba un aura en torno a la espalda de Asterix. Terminamos el túnel y nos encontramos con un rectángulo que parecía un depósito de objetos. Estas son las cositas que fui apilando todos estos años, me dijo Asterix. Era como un mercado de pulgas subterráneo. Y acá hay algo que nos puede servir, dijo. Y levantó de entre un montón de hierros unos cascos que tenían una luz en la frente. Eran cascos de mineros. Andan con pilas grandes, me dijo. Lo que tienen es que gastan mucha batería, pero se defienden bien, me dijo. Y después me pasó uno. Me lo probé. Él se probó otro. Había un par más, así que nos fuimos pasando los cascos hasta que elegimos los que nos quedaban más cómodos. Asterix tomó de nuevo la delantera y recorrimos el camino de vuelta. Ahora, no sé por qué, no me resultaba tan extraño. Era sólo el sótano del edificio, donde están las calderas y el motor del ascensor que, de a ratos, pegaba su guillotinazo.

Recuerdo que me sacudió ver a través de la mirilla la figura de Ray Ban. ¿De dónde lo habían sacado? Abrí la puerta y era él, sin dudas. Con los anteojos negros, el mismo jopo engominado. Y su voz grave. Por algún motivo que no llegaba a comprender, alguien lo había rescatado de su exilio. Y ahora estaba parado a mi puerta. Hay unos tipos abajo que quieren hablar con usted, me dijo. Y me pareció que miraba por sobre mi hombro, para echar un vistazo al departamento. Así que agarré las llaves y bajé enseguida. Si dejaba la puerta abierta y me ponía una campera, Ray Ban iba a poder pasar revista de cada pedazo del departamento. En el hall del edificio me esperaban dos tipos de unos cuarenta años, o eso me pareció. Uno estaba vestido con una campera inflable y una remera berreta. El otro tenía un traje marrón de corderoy. Me dieron la mano y me hicieron señas para que me sentara (en el hall había un escritorio y una silla comprados en un remate de oficinas). Creo que le traemos malas noticias, me dijo el de la campera. Cuando el tipo dijo estas palabras, Ray Ban abrió la puerta y salió a la calle, para dejarnos solos. Yo no entendía nada. Primero resucitaba el repudiado Ray Ban. Después aparecían estos dos tipos que, sin duda, no venían a pedirme que me postulara a una beca en Londres. No, eran canas. Usted debe estar al tanto de esto, me dijo el de campera, y sacó de debajo del brazo unos diarios ajados. Cuando hablaba, largaba olor a vino. En la tapa de uno de los diarios –que yo extendí sobre el escritorio– decía en letras grandes: está por caer el doble asesino de Boedo. En otra había una foto de dos mujeres. Eran fotos carnet en blanco y negro. Encima de ellas titulaba el diario: «Dos víctimas del asesino de Boedo que está prófugo». Bueno, me dijo el de traje marrón, quien tenía una voz extrañamente infantil, parece que usted era un buen amigo del doble asesino de Boedo. Y sacó de un sobre unos libros míos (los que yo le había regalado a Asterix) y una foto donde estábamos abrazados en la puerta de calle. El de la campera me preguntó: ¿Cuánto hace que no ve a Rodolfo Kalinger? Me vino a la mente la última vez que lo había visto, casi de mañana, cuando volvíamos de ese lugar infernal del Bajo Flores. Una semana atrás, dije. ¿Quién lo golpeó a usted?, me preguntó el de traje marrón. Ya había olvidado que tenía un moretón en el ojo izquierdo y un chichón en la frente y la mano recalcada. De donde había venido, la había sacado barata. Me golpeé jugando al fútbol en las canchitas de la autopista, les dije. A Rodolfo no lo veo desde hace una semana, les repetí. Lo que pasa es que me dejó mi novia y se llevó mi gato y caí en una depresión y desde entonces bajé poco a la calle porque no tengo trabajo y trato de mantenerme con la poca plata que me queda, les dije, como si se tratara de dos psicólogos y no ratis. El de traje marrón largó una sonrisa y se sentó sobre el escritorio. Cruzó sus brazos y me dijo: Rodolfo Kalinger está detenido e incomunicado en la Comisaría Décima. Se lo acusa de matar y violar a dos mujeres. Y el de campera completó la escena: Acá, en su departamento, encontramos un grabador que era de las mujeres y que él les robó el día que las mató. Ahora el departamento está precintado por nosotros. Y él dice que usted es la única persona que conoce. No tiene padres ni mujer ni otros amigos. Hablamos con varios inquilinos y todos coinciden en que era una persona extraña. Venimos para avisarle que se lo va a citar a declarar y que sería bueno que se presente de inmediato, ¿entiende? Sí, les dije. Creo que soy su único amigo, les dije. ¿Usted estaba al tanto de que él salía con estas mujeres? La mente se me puso en blanco, un blanco lechoso. No, les dije, no sabía nada. Nunca lo vi con una mujer ni me habló de ninguna chica. Entonces el de campera se me acercó con su aliento a vino y, cuando esperaba una pregunta incisiva, me dijo: ¿Por acá queda una sucursal de Banchero, no? Sí, le dije, en Primera Junta. Lo miró al de traje marrón y le dijo: ¿Vamos a hacer unas porciones con un moscato? Dale, dijo el de corderoy, y, mirándome, me largó: Quedamos en contacto, ¿eh? Asentí con la cabeza. El de campera agarró los diarios y con la foto y mis libros los puso en un sobre de nailon. Des-

Asterix, el encargado

pués le golpearon el vidrio a Ray-Ban, que se dio vuelta para abrirles la puerta. Antes de tomar el ascensor caminé unos pasos más hasta la puerta de Asterix. Era cierto: estaba precintada por la policía.

El gato estuvo perdido a lo largo de una semana que se volvió interminable. Con Asterix lo fuimos a buscar por las vías del tren –saltando los alambrados que separaban los depósitos del ferrocarril de la calle e iluminados por nuestros cascos de minero– pero sólo cruzamos ratas, linyeras, gatos salvajes, un perro rengo y una pareja curtiendo. Recorrimos palmo a palmo las vías de ventilación del edificio y la zona de calderas, ya que también se podía entrar a ese lugar desde el garage. Nada. Se lo había tragado la tierra. El veterinario me dijo que, posiblemente, cuando se le pasara el celo iba a volver al garage, que esperáramos un poco. Pero a veces, cuando hacía mucho frío, la idea de que el gato estuviera ahí afuera, a la intemperie, me atormentaba.

Susi fumaba porros y me los pasaba como si fueran mates. Los dos nos poníamos a llorar, invariablemente, a moco tendido. Después, cuando nos tranquilizábamos, empezaba de su parte una tarea de hostigamiento. Me culpaba de haber perdido al gato haciéndole caso a Asterix. Decía que tendríamos que haberlo castrado. Y acto seguido, recriminaba mi forma de vida: que no trabajaba ni pensaba en hacerlo, que dependía económicamente de ella, etcétera. Como tenía razón en todo, yo me quedaba callado. Y eso la ponía más nerviosa.

Susi, si por casualidad cae esto en tus manos y lo leés, te pido disculpas, pero realmente no tenía ganas de trabajar. Cuando pienso en esa época ya remota, me sorprende mi tranquilidad para tomarme las cosas, la manera en que me movía sintiéndome inmortal. Todos mis trabajos esporádicos de aquella época caben en una cabeza de alfiler. Después, poco, a poco me fui convirtiendo en una persona nerviosa y responsable, trabajando de manera obsesiva. Realmente no me reconocerías.

El gato volvió una mañana de la misma manera en la que se fue. Entró en la misma camioneta en la que casi se mata, pero esta vez el tipo lo percibió y no encendió el motor. Asterix me avisó por el portero y yo bajé a buscarlo. Estaba igual que el Coyote cuando le explotaba la bomba Acme. En vez de blanco gris y peludo, como era, se veía negro, flaco, cubierto de grasa y, a la altura del cuello, sobre el lomo, tenía un tajo inmenso que parecía infectado.

También le faltaban tres dientes. Le tuvimos que dar inyecciones y ponerle miel donde le faltaban los dientes para que no sufriera una septicemia. Dormía sobre una cama hecha con un pulóver viejo mío. Yo me quedaba casi todo el tiempo cuidándolo, leyendo al lado suyo y poniéndole, cada ocho horas, las inyecciones. En lo que tardé en leer *Guerra y paz*, de Tolstoi, el gato se recuperó y empezó a lavarse con su lengua de lija, síntoma inequívoco en los gatos de que están bien. Asterix pasaba por las tardes a visitarlo y tomábamos mate. Recuerdo que yo me quedaba mirando cómo de los techos de los edificios de enfrente salía el humo blanco de las calderas. Estábamos en pleno invierno. El gato se salvó, pero mi pareja con Susi, no. Fundió biela. Y un día me dijo que se iba con el gato a otra parte. Creo que trataba de dejarme al garete con el alquiler para ver si me ponía las pilas y salía a buscar trabajo e intentaba reconquistarla y esas cosas. Estaba probando conmigo una terapia de choque. Así que chocamos.

Cuando me quedé solo, empecé a recorrer el departamento como si fuera un animal enjaulado. Pasé varios días sin salir ni bañarme y comiéndome lo que quedaba en las alacenas. Creo que de ahí me viene el asco por las galletitas con picadillo de carne. Una tarde, me llamó Roli, un amigo, y me dijo que tenía un laburito para hacer. Él coordinaba un grupo de gente que se utilizaba para testear productos. Ibas, te mostraban un corpiño o te daban para leer una revista, y después vos dabas tu opinión. Detrás de una cámara Gesel estaban los sociólogos que tomaban nota. La primera charla que me tocó fue sobre ropa interior femenina. Éramos seis tipos y creo que yo era el más joven. Un pelado, muy elegante, y que sin duda disfrutaba teniendo un público cautivo para largar sus opiniones, habló sin parar hasta que el coordinador de la mesa lo salió a taclear. Me acuerdo que el pelado dijo: Me gusta comprarle la ropa interior a mi mujer. Nos dieron veinte pesos a cada uno por decir boludeces en ese lugar. Una parte de esa plata la gasté en una librería de viejos del parque Centenario. La mayoría de las mesas estaban infectadas con esas novelas de mierda del boom latinoamericano, pero rescaté *Las sirenas de*

Titán, de Vonnegut, una obra maestra. Y la estaba leyendo tirado sobre la cama y comiendo unas galletitas de miel cuando me tocó la puerta Asterix y me dijo si a la noche no lo quería acompañar al club Yupanqui a ver una pelea de box. Le dije que sí. La televisión le quita violencia al box. Lo aplana. Cuando estás ahí, al lado de los tipos que se están dando, sentís los golpes y su respiración entrecortada con nitidez. Es horrible. Un paraguayo teñido de rubio le rompió la cara a otro paraguayo semicalvo y cabezón. Cuando esto terminó, Asterix me invitó a unas hamburguesas y una cerveza. Comimos en silencio y a mí me pareció que él intentaba, a su manera, ayudarme en el trance del abandono. No habíamos hablado ni una palabra, pero estaba tácito que sabía que Susi y el gato se las habían tomado.

De ahí en adelante, cada dos por tres, me golpeaba la puerta para que tomáramos unos mates a la tarde. Y una noche lo acompañé a un baile en Constitución. Yo bailé con una santiagueña muy linda y Asterix se fue con una boliviana que se llamaba Adela y que causaba impresión porque parecía una fisicoculturista vieja y teñida.

Así anduvimos, de acá para allá, de allá para acá, durante días. Sin hablar nunca nada personal, pero haciéndonos el aguante.

Llegamos al día en que tuve satori. Quiero contarlo de a poco, milimétricamente, como hacía mi mamá cuando me curaba el empacho haciéndome sostener una cinta en la boca del estómago, para recorrerla mediante una posta de sus antebrazos.

Asterix, el encargado

Estaba claro que si seguía encerrado en el departamento, comiéndome lo que quedaba y durmiendo todo el día, iban a terminar reconociéndome por la dentadura. Entonces, una mañana, presa de un entusiasmo inesperado, salí a correr por el parque Centenario. Volví, me duché, abrí una lata de arvejas y las mezclé con dos huevos fritos y comí eso. Me tiré en la cama a leer lo que me quedaba del libro de Vonnegut. Sonó el teléfono y era Roli. Me dijo que a la tardecita se iba a encontrar con unos amigos en el bar Astral, en Corrientes. Le dije que nos veíamos ahí. Saqué el televisor que estaba guardado en el placar y me puse a ver un poco de tele en blanco y negro. Daban una película extraña, llamada *La noche del cazador*, con Robert Mitchum en un papel genial. Me adormilé y cuando me desperté tenía la boca pastosa y había babeado la almohada. Estaba oscuro. Me pegué otra ducha. Y salí para el Astral. En el fondo, a pasos de los baños, Roli hablaba con Rodolfo Lamadrid y Daniel Dragón, unos amigos que en esa época estaban haciendo una revista de poesía llamada *Dieciocho Buitres*. De esto ya pasó largo tiempo y las cosas cambiaron mucho. El bar Astral sigue estando en Corrientes pero completamente cambiado. Cuando íbamos nosotros era un lugar gris, con poca luz, donde los borrachos que quedaban rezagados en la madrugada se despatarraban en las sillas o discutían hasta que amanecía. Tito, el mozo, parecía un cantante negro de blues calvo. Con una habilidad extraordinaria para traerte lo que él quería y no lo que uno pedía. Hombre de pocas palabras, hay quien dice que actualmente trabaja en un bar de tacheros por

Constitución. Casi sobre la entrada al baño estaba la fonola con los éxitos melódicos de los setenta: Camilo Sesto, Sandro, Quique Villanueva, etcétera.

La historia de los que hacían la *Dieciocho Buitres* también es interesante. Una revista de poesía que sólo duró dos números pero que causó gran impresión en lo que se podría llamar «la joven poesía argentina». A mí, particularmente, nunca me entusiasmaron como grupo. Me resultaban pedantes y agrandados y casi unos analfabetos. Y digo esto a pesar de que llegué a publicar unos poemas en el número dos y de que me gustaba mucho cómo escribían algunos de ellos. Rodolfo Lamadrid, con el tiempo, y como se sabe, se hizo conocido no por sus poemas sino por su programa de radio «La Hora del Bastardo». Pero yo nunca lo escuché. Lo de Daniel Dragón fue trágico. Era probablemente el poeta más dotado de su generación. Hasta que en algún momento cayó en sus manos una biografía de Mishima. Se identificó tanto con el japonés que empezó a dejar de ver a sus amigos íntimos y con fans jóvenes de su taller literario armó un ejército privado. Se entrenaban –dicen– en una quinta que uno de ellos tenía en El Tigre. A partir de ahí no frecuentó más los recitales de poesía, las presentaciones de libros, y no le abrió la puerta de su casa a nadie. Salvo que uno fuera descalzo, se arrodillara y le pidiera ser iniciado en lo que él llamó Mi Legión. En esa época sacó en una edición casera lo último que publicó en vida: *Resentimientos completos*, un panfleto en contra de toda la poesía argentina de una virulencia casi genial. Actualmente, en un puesto de libros viejos del parque Centenario, aún se encuentran algunos (yo me compré varios y suelo regalarlos como souvenir).

    El final es historia conocida por la opinión pública, pero, como suele pasar, no como realmente sucedió. Dragón y sus muchachos organizaron un encuentro de poesía en un hangar que se alquilaba para fiestas en el barrio de Colegiales. Sorpresivamente, parecían decididos a hacer las paces con todo el ambiente poético local e invitaron cuidadosamente, como se comprobó después, a varias revistas y grupos literarios de los cuales tenían la peor opinión. El lugar estaba repleto y los poetas invitados leyendo sus poemas y sus ponencias de acuerdo al cronograma de la jornada cuando los discípulos de Dragón, vestidos teatralmente de negro, cerraron las puertas del hangar, sacaron sus armas y esperaron a que su jefe subiera al escenario donde se estaban desarrollando las actividades. Amigos, dicen que dijo, ustedes son muy malos y no se pierde nada. Ésta es la verdadera forma de hacer crítica literaria: poniendo el cuerpo. Me ha costado encontrar cuál era mi misión. Ahora lo sé: cambiar la poesía argentina para siempre. Ésta es una tarea de la que no se sale vivo. Después se hizo un silencio donde imagino que cada uno de los presentes se vio encadenado a una performance letal, hasta que, como si todo hubiese estado matemáticamente ensayado, empezó la balacera que terminó en la masacre por todos conocida. Salvo cinco que no se animaron (y entre ellos también hay que contar a los que se les trabó la pistola porque eran armas berretas, compradas de segunda mano), casi toda la Legión de Dragón se suicidó, incluyendo al Gran Jefe. Al otro día los diarios hablaron de una secta extraña, con brasileños implicados y ritos satánicos; les costaba entender que era sólo un problema poético. No me llama la atención: el periodismo nunca entendió a la poesía.

Pero estábamos en el Astral y todavía faltaba mucho para esos sucesos. Daniel Dragón hablaba lentamente del financiamiento del número dos de *La Dieciocho*, como le decían, y Lamadrid se bajaba una ginebra tras otra. Roli iba y venía del baño, duro de merca como esos pajaritos que salen para decir cucú y se vuelven a meter; y yo me dediqué a rapearles mi desgracia con Susi. El bar se llenó y se vació varias veces y se hicieron las once de la noche. Entonces me paré, los saludé y decidí volver a casa caminando por Rivadavia. Había en el aire un anticipo de la primavera y esto daba ganas de estirar las piernas. No sé cuánto le puse (yo camino bastante rápido y a un paso regular) pero me pareció que debería ser ya la medianoche cuando llegué a la esquina de mi casa y divisé desde ahí a Asterix, parado en la puerta del edificio. Me paré en seco. De golpe noté que, para ser un portero que tiene que levantarse muy temprano a baldear la vereda, Asterix tenía hábitos bastantes nocturnos. De hecho, lo habíamos encontrado con Susi cuando volvíamos aquella vez de la veterinaria con el gato dopado, bien tarde, y yo también lo volví a encontrar cuando regresaba frustrado de buscar al gato por la vías del tren del Oeste. Ahora, desde donde yo estaba en la esquina –detrás de un auto y un árbol pequeño pero frondoso–, Asterix no me podía ver. Me quedé un rato observándolo. Esperando que se metiera adentro. Por nada especial, simplemente no quería hablar con nadie. A los quince minutos de esperar contra el auto, se levantó un viento arremolinado que parecía presagiar tormenta. Podía escuchar el murmullo del agua en las alcantarillas. Asterix seguía firme como un granadero. Entonces, repentinamente, contra mi voluntad, crucé la calle y empecé a caminar hacia el edificio amarillo. No bien me vio, levantó la mano y se sonrió. Me estaba esperando. Te toqué timbre dos veces, me dijo. Me fui con unos amigos, le dije. Te quiero llevar a un lugar que voy siempre, me dijo, expectante. Era extraño. Había algo en la voz que me tranquilizaba, que daba la sensación de que era lo más lógico del mundo que me estuviera esperando a esa hora. De hecho, con él habíamos ido a ver boxeo varias veces, a bailar a Constitución y a tomar cervezas en los barcitos de Primera Junta. Al rato, estábamos arriba del último colectivo de la noche rumbo a quién sabe dónde.

Nos bajamos en la calle Cruz y empezamos a los trancos. Asterix caminaba rápido y yo lo seguía. El viento había parado y la noche estaba calma. Íbamos por la avenida Cruz hacia el Bajo Flores. En la calle, salvo algún auto que pasaba, raleado, no había un alma. Las casas (en esa calle no hay edificios y se puede ver el cielo nítidamente) estaban a oscuras, salvo por una ráfaga de televisor que denunciaba a algún nocturno empedernido. Los faroles de neón nos golpeaban con sus conos de luz a intervalos cada vez más aislados. En un momento estábamos cruzando por debajo de un puente del ferrocarril, y me pegué un susto que me dejó seco: a un paso nuestro, y devorado por la oscuridad, yacía un caballo muerto. Si no lo hubiéramos visto, posiblemente me lo hubiera llevado por delante y tal vez hasta me hubiese caído encima de él. Pero Asterix se orientaba como un murciélago y me tocó la mano para avisarme. Después me dijo: Metele que a éste se lo van a morfar los de la villa. Esquivamos al caballo y aceleramos todavía más el paso. Llegamos a los terrenos donde el club San Lorenzo construyó su ciudad deportiva y, posteriormente, la cancha. Cruzamos la avenida y tomamos una calle lateral, muy oscura. Parecía la entrada a una barriada muy precaria, con las casas a medio construir. Era el imperio del porlan. Se me vino a la mente un inodoro gris, hecho de ese material, un inodoro raspador de nalgas. A nuestro alrededor crecía un laberinto de casas, con pasadizos pequeños que se abrían a izquierda y derecha. Cruzados por cables y sogas de lavar ropa. En unos tachos de basura de hierro, desperdigados al tuntún, algo se quemaba. Y esa era nuestra única iluminación. Es el barrio boliviano, me dijo Asterix, viendo que yo miraba intranquilo para todos lados. Tenés que venir un día a la fiesta de la procesión de la virgen, dijo, se pone bárbaro. Un murmullo, acompañado por una música lejana, empezó a habitar el aire. Seguimos caminando y me percaté de que las casas estaban vacías o abandonadas. Todo el barrio se las había tomado a otra parte. Caminamos y caminamos y el murmullo se volvió cada vez más intenso. Hasta que atravesamos un callejón que nos dejó cara a cara con algo que me pareció extraordinario. A nues-

Asterix, el encargado

tras espaldas estaba la barriada que acabábamos de cruzar, y frente a nosotros, un descampado inmenso, similar a un cráter, donde se podían divisar dos arcos de fútbol mal puestos y semihundidos. Y encajada en el cráter a presión, se alzaba algo similar a una kermés de la Edad de Piedra. Todo iluminado por lo que se quemaba en los tachos de basura. Una multitud se movía ahí abajo, como un hormiguero en plena labor. Vamos, me dijo Asterix, y casi nos caemos por el terraplén empinado que tuvimos que bajar para llegar a las puertas de la muchedumbre. Mujeres y hombres de todas las edades. Tomando en vasos de plástico algo que sacaban de unos toneles azules. Hablaban en voz alta, soñaban despiertos, cada uno en su propio rollo. Otros estaban tirados por el piso, riéndose. Y había quien lloraba y le hablaba al cielo. Asterix y yo caminamos lentamente, esquivándolos. Parecía que apenas nos percibían. Estaban todos puestos y nosotros éramos los caretas que llegábamos tarde para ver qué onda. Me salieron al paso unos tipos vestidos con trajes blancos, muy elegantes y con el pelo engominado. Llevaban en sus espaldas unas serpientes inmensas, con la misma naturalidad conque el organillero lleva en la plaza al mono tití. Los tipos ofrecían anillos que mostraban en unos paños negros. Claramente no formaban parte del rito. Cumplían, a lo sumo, el rol del cafetero en la cancha. Entonces Asterix, que iba delante mío, me pasó el primer vaso de la noche. Lo tomé de a sorbos, temeroso. Sabía a licor de mandarina. Al rato ya tenía otro vaso más en la mano, y otro y otro. Sentí un hormigueo agradable en las piernas a medida que caminaba. Asterix hablaba con una gorda... En realidad discutía. Sí, algo pasaba, como si el guionista hubiera decidido darle una vuelta densa a la cosa. Muchos se cruzaban miradas duras y otros empezaban a insultar y empujar. Me dio miedo. Ahora los que antes rezaban o se reían estaban arengándose como para ir a la guerra o patear un penal. El primero que me pegó fue un viejito que tenía una mano inmensa repleta de anillos dorados. Sentí un calor que me anestesió la cara. Le metí una plancha a la altura del pecho y el viejo cayó de espaldas. A mi izquierda, la gorda le largaba un derechazo a Asterix y éste la esquivaba y le metía un cross a la mandíbula, impecable. La mujer se le tiró encima, aullando. Era todos contra todos, palo y palo, mujeres y hombres sin distinción. Sólo a los que caían no se les pegaba más. Esa parecía ser la única regla. Uno de los tipos de las víboras se me acercó y me dijo que le comprara anillos, para pegar más fuerte. No le llegué a contestar porque una mujer me agarró del pelo y me empezó a sacudir la cara. Era muy flaca, huesuda, y pegaba duro. Caí al piso. Se me cayó encima un gordo con olor a pis. Me paré como pude. Un enano musculoso, con un buzo Adidas, me estaba mirando con ganas. Empecé a correr atropellando gente, muerto de miedo. El enano me seguía. Me di de bruces con unos que estaban haciendo algo similar a un scrum de rugby, aunque algo más violento y desordenado. Alguien me agarró de atrás y me metió en el scrum, chocamos, chocamos, empecé a sangrar. Otra vez de cara al piso. Una mujer se me acercó gritándome algo en un idioma extraño. Me dio

Asterix, el encargado

un vaso de plástico y tomé un poco y otro poco me lo tiré en la cara. Ardía como la puta madre. Entonces algo me sucedió. Me paré de golpe. Por algún motivo inexplicable, en un abrir y cerrar de ojos, ya no sentía ningún miedo físico. Fuera lo que fuera, estaba claro que yo era un miembro de esa tribu. Un verdadero veterano del pánico. Sentí que además del licor, tenía lágrimas en los ojos. Un morochón con la camiseta de un club de fútbol se me vino encima. Era un hermano enloquecido. Nos empezamos a pegar de lo lindo. No me dolían los golpes, no sentía el cuerpo. Yo era Asterix, era yo, era nadie. Y comprendí que en esa noche extraña bajo las estrellas de una barriada remota se me había otorgado el don de la invisibilidad. Y tuve satori.

Por si le puede ser de utilidad a alguien, hago el siguiente racconto: nunca más volví a ver a Susana Marcela Corrado. Pero por un amigo en común supe que se casó con un hombre mucho más grande que ella con quien tuvo un hijo. Asterix fue detenido y acusado de violar y matar a dos mujeres a quienes había conocido en un baile de Constitución. Se ahorcó con su camisa en la cárcel mientras esperaba la condena. Muchos años después, en la redacción de un diario donde yo trabajaba, el especialista en policiales (que también está muerto) me dijo que él pensaba que el caso del doble asesino de Boedo era todo un bluff armado por la policía para montarle a alguien dos crímenes que ellos habían cometido. Asterix, me dijo, daba el perfil exacto para engramparle los muertos porque no tenía familia, era pobre y casi nadie iba a salir a defenderlo.

Los lemmings y otros

Tenían razón. Para que todo cerrara, lo hicieron suicidar en la celda de la comisaría donde estaba detenido. Susi vino una tarde al departamento, mientras yo no estaba, y, como dije, se llevó al gato. Se fueron a vivir a una casa chorizo de la calle Pedro Goyena. A los meses el animal se escapó. Los gatos son así.

LA MORTIFICACIÓN ORDINARIA

> «No hay soledad más profunda que la del samurai, salvo, quizá, la del tigre en la jungla.»
>
> EL BUSHIDO

Estamos hablando de un hombre de unos cincuenta años. En otros tiempos solía usar el pelo largo, jeans, zuecos y tenía una nariz ganchuda y ligeramente doblada que lo hacía respirar por la boca. Ahora está sentado en un cuarto despojado, con una sola mesa y dos sillas. Sobre la mesa hay una pequeña jaula donde repiquetea un cardenal. La jaula del pájaro está perfectamente ordenada. Con la comida colocada en un recipiente de plástico, al costado. Un pequeño palo de madera que se curva en *u* le sirve al cardenal para hamacarse y saltar de un lado a otro de la jaula. La casa está completamente ordenada y limpia. Las paredes son blancas, sin cuadros ni fotos. La comida del hombre está repartida entre la alacena y la heladera que se enciman en la pequeña cocina. El hombre está cambiándole el agua al cardenal. Tiene el pelo muy corto, casi al ras, y una cara angelical que hace que parezca más joven. Pero tiene cincuenta años y una nariz nueva, perfecta, que le permite respirar sin dificultad. En vez del piyama, usa el kimono que se compró hace ya casi diez años en una feria americana.

Los lemmings y otros

Sonó el teléfono. Habló con alguien. Al rato se sacó el kimono y se metió en el baño para ducharse. Se secó. Buscó el portafolios negro que tenía guardado en la parte alta del ropero. Sacó de su interior lápices, témperas y hojas de ilustración que hibernaban ahí hace millones de años. Se preparó una muda de ropa que fue acomodando en el vientre del portafolios. Después se puso el blazer azul y un pantalón de franela gris, el uniforme que solía utilizar cuando daba clases. Agarró la jaula del cardenal con una mano y el portafolios con la otra. Abrió la puerta, la cerró con llave y tocó el timbre del vecino. Estamos hablando de un edificio viejo, de construcción racionalista, que hace agua por todos lados. Se abrió la puerta negra y apareció la cara de una mujer gorda y vieja, con una red en el pelo. Dijo la mujer: Hola, Carlos. Hola, señora Marta, me tengo que ir varios días porque se murió la mujer que cuidaba a mi mamá. ¿Podría cuidar al cardenal? Faltaba más, dijo la mujer. El cardenal pasó de una mano a otra. Carlos, dijo la mujer mientras apoyaba la jaula en un piso agrietado y sucio, si necesitás a alguien para que cuide a tu mamá yo tengo una en mente. Pobre, está tan viejita Teresita, ¿no? Muchas gracias, dijo Carlos, pero creo que la voy a cuidar yo hasta el final, ahora que tengo tiempo. Sí, el final, dijo la mujer, cuando Dios nos señala con el dedo estamos listos, es inútil rebelarse.

Cada persona vive en una mónada. Es el mismo proceso de vivir la construcción de la mónada blindada. Si uno logra llegar a la mitad de la vida, la mónada apenas tiene –con suerte– una pequeña ventanita, como la de los quioscos de golosinas por donde se suele pasar el dinero y recibir, a cambio, los cigarrillos. El aire en la mónada está viciado por el encierro, y es esto lo que nos aturde lentamente hasta que llega la muerte.

Y a Herminia, la mujer que cuidaba a Teresa, le llegó la muerte de manera súbita, con la precisión del infarto, mientras trataba de subir por una escalera para colgar en la terraza la ropa limpia de la anciana. Herminia tenía cuarenta años pero aparentaba sesenta. Estaba gorda, demacrada, fuera de control. Teresa acusaba en la balanza de Caronte noventa y un años y, a pesar de que durante mucho tiempo gozó de una salud de hierro –con una memoria y una vista notables–, en los últimos tramos –ya con los boletos en la mano para subir a la lanchita del griego– su cerebro se había encerrado en una melodía inexplicable. Y la memoria la habitaba de a ráfagas, con la intermitencia de una luz de giro. Teresa había sido una mujer buena que atravesó el siglo trabajando duro y con un único talento: la capacidad de darle amor a los demás por encima de su importancia personal. Carlos era su único hijo. Lo tuvo cuando ya era grande. El padre de Carlos apareció por Boedo de golpe y se puso un consultorio de médico clínico en Maza y Carlos Calvo. Pero no era médico, era estafador. Y ya había practicado –como un buen renacentista– miles de profesiones a lo largo del país. Como todo estafador, era hermoso y muy carismático. En Boedo le decían Pedernera, por el parecido que le encontraban con el jugador de River cuando armaban los picados en la calle Loria los días que no había feria. Pedernera, dicen, la rompía.

Cuando Carlos estaba por cumplir un año, Pedernera fue directo a la cárcel denunciado por un paciente moribundo. Carlos y el padre se volvieron a ver muchos años después, cuando Pedernera salió en libertad y puso un bar en la avenida Belgrano con otros amigos del penal. Carlos le fue a pedir plata, el padre le mandó a dos tipos que lo golpearon milimétricamente.

Cuando llegó a la casa lo recibió el hijo de Herminia, un rolinga pelirrojo con una voz finita, a la que trataba de cincelar fumando compulsivamente cigarrillos negros. El pelirrojo le explicó el estado de las cosas: dónde estaban los remedios, a qué hora y qué cosas comía su madre y dónde estaban los documentos del hospital, por si se los necesitaba. Parecía uno de esos cuidadores de cabañas playeras que esperan que llegue el dueño para darle las llaves y tomárselas. Carlos le dijo al pelirrojo que si no tenía lugar donde ir, podía quedarse en una de las piezas hasta que consiguiera algo. Pero el joven le dijo que se iba a vivir a la casa de la novia y que sólo estaba esperándolo a él para traspasarle el mando de la casa Usher. Cuando el pelirrojo se fue, Carlos recorrió habitación por habitación, ventilándolas, y tratando de recuperar emocionalmente a esa que había sido su casa de la infancia. En una de las piezas estaba sentada su madre en la silla de ruedas. La miró a través de la cortina de la puerta. El pelirrojo le había dicho que a su madre le gustaba –aunque no pudiera distinguir nada– quedarse frente al televisor. De todas formas no había mucho para distinguir en un televisor que emitía toda movida una imagen precaria en un único color rosado.

La mortificación ordinaria

El sonido era un ronroneo monótono en el que de vez en cuando se identificaba una palabra limpia. Con el tiempo, Carlos llegó a pensar que lo que se veía en la pantalla era similar a lo que habitaba el cerebro de su madre.

La despertaba a la mañana. La sacaba de la cama y le lavaba las sábanas y las colgaba en la terraza. Le cambiaba los pañales y la limpiaba meticulosamente. Le cocinaba y le daba de comer en la boca. Le daba las pastillas que el médico le había recetado. Para la circulación, para el estómago, para las articulaciones. A veces la madre le decía: Herminia. Otras veces le decía: Carlos, Carlos, ¿sos vos? Si hacía buen tiempo, la sacaba al patio y la ponía al sol. El invierno avanzaba y los días duraban poco. Cuando llovía, él se ponía a leer bajo la galería las obras completas de Curzio Malaparte. Leía de todo y sin parar: el *Ulises* de Joyce, una semana; *Guerra y paz*, dos; Papini, una. Había redescubierto su vieja biblioteca y pensaba que los libros, como los vinos, eran mejores cuando se añejaban. Una noche sonó el teléfono –recordó en ese momento que tenían uno– y una voz le dijo: Hola, Ruchi. ¿Con quién quiere hablar? ¿No vive Ruchi ahí? ¿No es el 976933? Sí, pero acá no vive nadie llamado así. Cortaron.

A veces, cuando se iba a dormir, le aparecían ráfagas de recuerdos. El flaco Spadaveccia. Cuando era joven le decían El Chanta porque se la pasaba alardeando sobre su talento para jugar al fútbol, para conseguir chicas, para todo. Era el hijo del dueño de la disquería La Mascota, que quedaba sobre la avenida Boedo llegando a San Juan. Sin embargo, en algún momento, el flaco Spadaveccia tuvo una conversión. Salió de su palacio –una casa hermosa con pileta– y al igual que el príncipe Siddarta, se dio cuenta de que había pobres en el mundo. Acto seguido, se metió en la JP y llegó a ser el capo de la unidad básica de Maza y Estados Unidos. Ahí se conocieron con Carlos. El flaco Spadaveccia. Que lo hizo entrar en la *orga* y lo formó. Que lo ayudó a recorrer las villas miserias haciendo trabajo social y que lo felicitó cuando Carlos y su grupo tomaron la Pueyrredón. Una vez le quiso explicar su fascinación por Giacometti, pero el flaco estaba para otras cosas. Una tarde, con todos los muchachos de la JP, se subieron al techo de una fábrica tomada e hicieron la J y la P con sus cuerpos. El flaco Spadaveccia estaba parado en la panza de la J. Alguien tomó esa foto que salió en una revista de actualidad. Esa foto también sirvió para identificarlos cuando las cosas empezaron a pasar de castaño oscuro.

Las figuras de Giacometti vienen de la oscuridad, pasan por la luz y vuelven a la oscuridad. Giacometti las atrapa justo cuando están bajo la luz, en un momento fugaz.

De vez en cuando le llegaban noticias de alguien que había sido él. Le mandaban catálogos de Alemania y Japón donde exponían sus obras. Y el inquilino de la calle Esparza le hacía llegar el alquiler. No recordaba esa casa donde había vivido con su mujer y sus hijos y, aunque se esforzaba, no recordaba haber pintado ningún cuadro. Recordaba, sí, aunque trataba de olvidarlo, que había secuestrado a un tipo, un empresario que se dedicaba a vender grasa de animales.

La mortificación ordinaria

Y también recordaba estar corriendo por los techos de un vecindario, con un revólver en la mano, con el flaco Spadaveccia detrás y Kundari delante de él, a la cabeza, gritando. No le molestaba recordar todo eso porque se arrepintiera de algo. No se arrepentía de nada, sólo que había decidido borrar su historia personal. Había construido una bisagra de acero que separaba su vida en dos.

El pelirrojo entró apurado por la llovizna que percudía los huesos desde ya hacía casi cuatro días enteros. Era, como dicen los mexicanos, chaparrito. Tenía puesto un canguro negro donde, en el pecho, se veía el logo de una banda de rock. Las zapatillas, también negras, estaban rotas. Como Carlos no estaba glosado en las últimas modas de los jóvenes, no distinguió nada especial en la totalidad del muchacho, sólo una mancha negra (su cuerpo) mezclada con una mancha roja (su cabello). Una camiseta de Newell's Old Boys. El pelirrojo le explicó con su voz de pito exasperante que había tenido problemas con la novia y por eso decidió aceptar su ofrecimiento de pensión. En cuanto resolviera unas cosas que estaban pendientes, se iba a alquilar una pieza en un hotelito que ya tenía visto. Carlos le preparó un nido para que durmiera en la habitación que estaba comunicada, por medio de una puerta, con el baño que daba al patio. Con la llegada del pelirrojo, lo que cambió en la casa fue el aire. Una nube de tabaco negro flotaba por las piezas y a veces se estacionaba en el patio. La primera noche Carlos se durmió pensando a quién le hacía acordar la cara del chico. Y se sonrió cuando descubrió que el pelirrojo era igual al muchacho que aparece dibujado en los alfajores Jorgito.

Kundari. Siempre que su recuerdo lo atosigaba, se le aparecía corriendo a su lado, gritándole algo, mientras escapaban de un tiroteo que había salido mal parido. Kundari era un animal. En palabras de Spadaveccia, un tipo muy corajudo al que hay que tener bien controlado porque no sabe pensar. Kundari era huesudo, con jopo, bigote y ojos negros y grandes. Siempre tenía olor a transpiración. Cuando vino la desbandada se fue a vivir al sur. Pero no aguantó y volvió a la capital, donde, gracias a un contacto que había sobrevivido y que después se haría millonario con otros gobiernos, consiguió un humilde puesto de preceptor en un colegio especial para repetidores y chicos con severos problemas de conducta. El colegio era el Carlos Pellegrini, pero todos le decían El Charly. La carrera de Kundari como preceptor terminó cuando le puso un revólver en la frente y le gatilló dos veces a un chico que lo volvía loco. El arma estaba descargada, pero el chico se desmayó y se quebró un brazo. Algunos dicen que su famoso contacto consiguió moverlo a otra parte, sin que lo metieran preso, pero lo cierto es que a la salida del Charly se pierden las huellas de Kundari.

Los recuerdos le generaron curiosidad. Se levantó cuando amanecía y subió a la terraza. Ahí estaba, antaño, su taller de pintura, que cuando llegó Herminia se convirtió en el lavadero. Entró. Fue directo a unas cajas que estaban contra la pared. Las corrió con esfuerzo. No las recordaba tan pesadas. Detrás de

La mortificación ordinaria

las cajas había un botiquín empotrado en la pared. Lo abrió. Las armas estaban todavía ahí. Hibernaban. Se preguntó si las armas, como los libros, se pondrían mejores con el paso del tiempo.

El pelirrojo le contó que trabajaba de plomo en una banda de rock que estaba en ascenso. Dentro de poco vamos a ser masivos y eso va a estar bueno, le dijo. También le contó que su novia se llamaba Rita. Le contó que había intentado estudiar en la escuela técnica pero que se aburría mortalmente. Le leyó una letra que había escrito para la banda de rock y que esperaba que les gustara a los músicos. La letra hablaba de un joven al que le decían el Dragón porque cuando se emborrachaba vomitaba de una manera violenta. El joven también tenía poderes telepáticos y podía adivinar todo lo que pensaba la gente. Por eso se había vuelto un tipo callado. Carlos, por el contrario, no le contó nada de su vida. Se limitaba a hablarle lo necesario. A veces lo mandaba a comprar alimentos o a pagar una cuenta. Un día, en el que se levantó particularmente molesto, le pidió que fumara sólo en el patio. Otra noche se despertó en plena madrugada y sintió algo así como un chillido, como si una rata moribunda se debatiera en la trampera. Se levantó y, cuando salió al patio, percibió que el sonido venía de la pieza del pelirrojo. Pensó en pegar media vuelta y volver a su nido, pero algo lo hizo golpear y abrir la puerta. El muchacho estaba desnudo, arrodillado contra la pared, llorando. En dosis pequeñas, con una voz risible, el pelirrojo le contó que su novia lo había dejado por culpa del hermano. ¿Por culpa de tu hermano? No, no, dijo el muchacho. Por su hermano. Y se explicó: el hermano era el capo de una banda que robaba autos y los revendía. También vendían drogas. Según el pelirrojo, el hermano creía que él lo había querido escalar. ¿Escalar?, preguntó Carlos. Sí, cree que yo le saqué droga y la vendí por mi cuenta. ¿Tenés drogas acá en la casa?, preguntó Carlos. No, no, yo no tomo nada, en serio. Pero él no me cree. Y la capturó a Rita sólo para él. La guardó, la guardó, la guardó, repitió el muchacho como un mantra.

Estaba contento porque había conseguido que su madre apoyara la planta de los pies contra la cama y se elevara, apoyándose en la espalda, unos centímetros, para que él le pudiera sacar el pañal y lavarla tranquilamente.

Poniéndole mucha atención, se podía aislar en la pantalla del televisor a dos figuras que hablaban sentadas una frente a otra. Debía de ser un programa de entrevistas. Las siluetas se alargaban o se contraían a espasmos regulares. Apagó el televisor. Detrás de él, su madre dormía babeando la almohada. Apagó la luz de la pieza y salió al patio. Lloviznaba otra vez y hacía frío. Sonó el teléfono. Ruchi, decía la voz cuando él se llevó el auricular al oído, dice el Gran Danés que si no traés todo te va a mandar el brazo de Rita por correo. Colgó. En la penumbra de la pieza vio que el pelirrojo se había levantado y venía hacia él desde el patio. ¿Quién era?, preguntó, nervioso. Estaba en calzoncillos y tenía un aspecto ridículo. Alguien que busca a un tal Ruchi, ya llamaron otra vez equivocados, dijo Carlos esquivando al pelirrojo para entrar a la cocina y hacerse un café. Carlos y el pelirrojo se sentaron a cada lado de la mesa. La luz lunar del tubo de neón parpadeaba. En la tulipa que recubría a la lámpara había un montón de insectos muertos. Yo soy Ruchi, le dijo el pelirrojo. Hubo un largo silencio interrumpido por la cafetera que borboteaba. El hombre se paró y se sirvió un café y le pasó otro al pelirrojo. Yo soy Carlos Apaolaza, le dijo, ofreciéndole la mano.

Era curioso. El flaco Spadaveccia decía que Kundari era peligroso porque no pensaba, pero cuando iban a un enfrentamiento, le aconsejaba a Carlos moverse sin pensar. Ya habían planeado todo milimétricamente, entonces había que, en vez de respirar, ser respirado por la acción.

Sus viejos llegaron de Dinamarca para trabajar en el campo, junto con otros colonos. Al tiempo, se mudaron a las afueras de la capital, viviendo de manera muy precaria. El padre murió porque se le perforó una úlcera, y su madre se volvió a casar con un tipo que terminó haciendo películas eróticas para Centroamérica. Su madre era una rubia alta, hermosa. Cosa que la salvó de la miseria. Él terminó a las piñas con su padrastro y tuvo que irse de la casa. En un bar donde iba a jugar al pool, conoció al Halcón, este hombre sería como un padre para él. Rápidamente el Halcón lo puso a la cabeza de una banda que se encargaba de reciclar autos robados para volver a venderlos. Gracias a una conexión policial, consiguió armar su cuartel general en una fábrica abandonada de la periferia entre Parque Patricios y Pompeya. Las cosas le iban más que bien.

Los lemmings y otros

Tenía plata en el bolsillo, había conseguido que su hermana dejara a su madre y se viniera a trabajar para él. Y sus empleados le decían, con respeto, el Gran Danés. Escuchar eso le ponía la piel de gallina. Porque, aunque lo ocultaba, era un sentimental. Y eso fue lo que lo mató. Porque nunca iba a mandar el brazo de su hermana por correo, como le gustaba cacarear delante de sus muchachos. Ni tampoco iba a tener a su hermana mucho más tiempo en penitencia bajo la vigilancia de los hermanos Arizona. Quería que aprendiera que las cosas costaban mucho y que se había enredado con un pelirrojo idiota de voz ridícula. Ya iba a pasar, se decía mientras jugaba, esa tarde, en la play station con el Turco, su hombre de máxima confianza. Estaban en el piso alto de la fábrica, donde se subía por una escalera que nacía en el inmenso garage al aire libre por donde, en las buenas épocas, los camiones descargaban mercadería. Ahora estaba repleto de autos que eran maquillados por expertos. Al lado del sillón donde ellos estaban sentados moviendo a los jugadores en la pantalla, estaba Luque, un pequeño ratero que se la pasaba escuchando música en un walkman. Movía las piernas siguiendo el ritmo, tirado en un sillón destruido. Pappo cantaba «El tren de las 16». *Yo sólo quiero hacerte el amor. E ir caminando juntos bajo el sol.* Y justo ahí. Entre medio de esos dos versos, se escuchó la primera detonación. Luque la escuchó apagada, como si sucediera a kilómetros del lugar. Pero vio que el Gran Danés y el Turco se pararon de golpe. *Pero estaremos juntos hasta el amanecer*, decía Pappo cuando entró a la habitación, jadeando y sangrando, el pibe

La mortificación ordinaria

que cuidaba el garage. ¡Hay un loco de mierda ahí abajo! ¡Tiró una molotov!, gritó mientras caía a los pies del Gran Danés. Fue increíblemente rápido, recordaría Luque años después, una y otra vez. El Gran Danés y el Turco intentaron agarrar las armas que estaban sobre el escritorio, pero el tipo que estaba parado ahora en la puerta –Luque siempre recordaba el pelo engominado, peinado hacia atrás, brilloso– tenía dos putos revólveres y tiraba como Trinity, el cow boy de las pelis. ¡Pim! ¡Pum!, y el Turco en el piso. ¡Pum! y el Gran Danés de rodillas, con dos tiros en las piernas. ¡Pum!, y uno en exclusiva para él, ¡con los walkman puestos!

Los hermanos Arizona murieron haciendo la digestión, durmiendo la mona sobre los restos de la mesa. El Gran Danés, con las piernas heridas los llevó hasta el lugar en un auto reciclado. Dos por tres, miraba de soslayo al tipo ese que le apuntaba mientras el pelirrojo manejaba. Tenía el pelo brilloso, con gomina. No lo había visto en la puta vida.

El pelirrojo se acomodó en el asiento del micro. A su lado Rita dormía de cara a la ventana. Pero él no podía dormir en esos asientos de mierda que apenas se reclinaban. Habían apagado las luces y todo estaba iluminado por el televisor, que pasaba una película estúpida. Lejos de ahí, una mujer le cambiaba el agua al cardenal. El microcerebro del pájaro era perturbado por imágenes que no podía decodificar ya que no estaban glosadas dentro de su mundo pajaril. Estas imágenes lo hacían saltar de un lado a otro. Él no podía saber que en otra vida, antes de reencarnar en esa jaula, se llamaba Kundari.

EL RELATOR

«Unete a mí, hijo, y juntos seremos
los amos del universo».

DARTH VADER

PRIMER DÍA

Apurados por los plazos, los obreros trabajan día y noche para demoler la construcción. Como está hecha con materiales de una época mejor, les resulta difícil desmontar determinadas partes. Algunos sugieren, si se complica el tiempo pedido por el arquitecto, lisa y llanamente volarla con explosivos. Pero de a poco van derribando la sala de estar, los pasillos que comunicaban con el baño y la escalera que llevaba a la terraza donde, antaño, la familia se sentaba a comer bajo un toldo improvisado. Y finalmente los esfuerzos confluyen contra la puerta cerrada del dormitorio. No la pueden abrir ni pegándole con las mazas más pesadas. Llegado a este punto, los obreros se reúnen para decidir qué hacer. Vuelve la idea de volarla con dinamita, pero les parece un gasto excesivo. Falta solamente esa bendita pieza y van a poder volver a sus casas, cobrar la paga, dejar de una vez ese lugar envuelto en polvo de escombros. La ansiedad empieza a trabajar en sus cuerpos, les sudan las manos, se sacan los cascos y se rascan la cabeza. Quieren encontrar una forma rápida de derribar esa puerta y demoler el dormitorio. Cruzan ideas y empiezan a discutir opciones hasta que todo termina en un griterío frente a la puerta de madera. Entonces él se despierta. De a poco, porque tiene sordera –que para sus hijos es funcional porque le sirve para escuchar sólo lo que le conviene–, los sonidos van identificándose. El ronroneo del ventilador que estuvo yugándola toda la noche. La luz que dejó prendida cuando se durmió por knock out emite un cono débil sobre la mesita donde hay unos lentes, un vaso con una dentadura y una pila de diarios desordenados. De la pelela azul, de plástico, que sobresale debajo de la cama, sube el olor del pis, ahora un poco más intenso por las pastillas que el doctor Lavena le está haciendo tomar para la próstata. Así que en algún momento de la noche, sonámbulo, se levantó, o tal vez sólo se sentó en la cama, e hizo fuerzas para mear como lo viene haciendo religiosamente, desde tiempos inmemoriales, desde cuando vivía acompañado por toda la familia que él, de manera no muy consciente, se ocupó de crear. Su mujer, su compadre (el padrino de sus hijos) y su hermana mayor: muertos. Sus hijos, a los que llamaremos A, B y C por orden de nacimiento, vivos, pero viviendo en otros territorios.

Alguien en el cerebro trata de juntar los cables como cuando se intenta robar un auto. Sí, hace puente y arranca: la primera imagen es la cara de su mujer. Hoy hace veinticuatro años, dice, y después piensa en su compadre y en su hermana. Sobrevienen escenas al tuntún de la vida familiar. Hasta que un recuerdo madre, el que lo activa y lo impulsa en estos días

El relator

de calor sofocante, ocupa el lugar privilegiado en su mente: faltan tres días para la final. Un shock de adrenalina recorre el cuerpo de este mamífero macho de setenta y cinco años. Y sentándose en la cama, piensa la formación que le parece ideal: Robledo, Casak, Graña, Corsini, Igal, El Peque. ¿Estará en buena forma El Peque? ¿No se saldrá del partido como suele hacerlo? Se para, agarra la pelela y camina hacia el baño. Está desnudo. Abre la ducha. Mientras está bajo el agua suena el teléfono, pero no lo escucha. Ahora, con el agua fría, le vienen los recuerdos de la noche anterior. Estuvo bailando tango en un local de Pompeya con varias señoras. Había una que prácticamente era una momia. Se ríe al recordarla. Después está la otra, ¿cómo era su nombre? Vive en Banfield y le dijo que era parapsicóloga. Ya van varias noches que baila con ella. ¿Le parecerá él demasiado viejo? Tal vez tendría que sacarse los lentes para bailar. El ya baila el tango como un samurai pelea. No necesita pensar ni mirar. Aunque si alguien le dijera que baila el tango como un samurai, simplemente no sabría qué decir. No le traería casi ninguna imagen a la mente. Sale de la ducha. Se seca. No son las dos de la tarde porque todavía no llegó la señora que contrataron sus hijos para que le cocine y le limpie. Sus hijos. Rápidamente piensa en llamar al hijo B, para decirle que lo acompañe a hacerse el tatuaje. El hijo C ya le dijo que eso era una idea estúpida y que no pensaba gastar plata para algo que no sirve para nada. Para él, aunque no lo pueda expresar en palabras, cada uno de sus hijos es como una tonalidad musical. Más grave, más agudo, más armónico. Como solía llamar por teléfono a diestra y siniestra, los hijos le pusieron un control al teléfono y ahora sólo puede hablar de manera medida y no puede llamar a celulares. El hijo B no está en su casa. Y para que esté en el trabajo –donde sí lo puede llamar– todavía falta un rato. El tatuaje se lo vio al hijo de Corrado, su amigo del club, con el que pasa los sábados mirando el fútbol infantil. Quiere un escudo CASLA grande sobre el corazón porque sabe que falta poco, que esta vez la Libertadores va a ser de ellos, que no se puede escapar, que los uruguayos, por más equipo que formaron comprando figuras, no van a poder ganar en Boedo

¿Se meterá El Peque en el partido?

Prende la radio y sube el volumen hasta que las palabras que salen del artefacto son claras para él. Se acomoda en la mesa del patio y empieza a leer los diarios que le han dejado por debajo de la puerta. ¿No me tendría que haber sacado los lentes para bailar con ella? El Peque, Igal, Graña. Vuelve a sonar el teléfono largamente pero, como la radio formó una barrera protectora, no lo escucha. El presidente de Huracán Buceo, un productor televisivo y posible –en un futuro no muy lejano– presidente del Uruguay, dice que las figuras que contrató lograron armar un gran equipo y que van a llevarse la Libertadores a casa. Esa frase le produce un pequeño estremecimiento. No pensó que iba a vivir para ver a su club alzando la Libertadores. Pero si El Peque se enchufa y no se deja llevar fuera del partido como con Rosario Central... Puta madre. Son profesionales, querido. Ahora en la

El relator

radio suena el tango «Tres amigos», uno que le gusta mucho a su hijo A. Así que se para y llama a la casa de su hijo A. Ni bien atiende, le dice lo del tatuaje. Cada vez pierde menos tiempo en formalidades, como los bebés, sólo pide lo que desea. El hijo A le dice que ese tatuaje sale carísimo y que le va a doler mucho. Y que, por la edad, le puede traer consecuencias. Papá, me tengo que ir al trabajo, te llamo más tarde, le dice el hijo A. Corta y llama a su amigo. Tiene un amigo íntimo un poco menor que él y, a diferencia suya, un solitario por convicción de toda la vida, no un solitario —como él— por muerte general en la familia. Suelen pelearse por temas inverosímiles. En realidad, se muestran agresivos mutuamente, pero se siguen llamando. El amigo le dice que está cocinando. Le dice lo del tatuaje. Negro, le dice el amigo, para qué un tatuaje, van a perder y te vas a querer matar. Aparte ésa es una moda de boludos. Cuándo íbamos a andar con tatuajes nosotros. Eso es para los indios. Empiezan a discutir. Corta abruptamente. Vuelve a la mesa del patio. Se pone los lentes. Me los tendría que haber sacado. Por la radio al mango, y su atención puesta ahora en un reportaje a El Peque, el armador de su equipo, no puede percibir que a través de las rendijas del techo metálico del patio empieza a correr un viento caliente que presagia tormenta. Le duele la pierna derecha, se le duerme la mano izquierda, donde tiene una cadenita de cobre; siente el vientre hinchado. Sé lo que siente la gente de Boedo y vamos a dejar todo en la cancha, dice El Peque en el diario.

Los lemmings y otros

SEGUNDO DÍA

El dolor que queda después de que se recibe un balazo con el chaleco antibalas puesto. Un dolor sobre el pecho, que arde y no lo deja respirar. No le dolió tanto cuando lo tatuaban, pero ahora le duele como la puta madre. Y tiene ese papel pegado sobre el tatuaje y después la camiseta blanca de dormir. Y encima hace un calor agobiante. Se levantó hace un rato y caminó hacia la cocina, buscó en los cajones el espiral y lo puso sobre la mesita de luz. Hay mosquitos, lo pican, pero no los siente cuando lo merodean. Cuando era joven, recuerda, sentía el violín del mosquito aunque estuviera profundamente dormido. Su mujer le decía: ¿Cómo lo escuchaste? Y también tenía buen ojo. Le bajaba los pantalones, por ejemplo, al hijo A, y le buscaba en el calzoncillo la pulga que le estaba produciendo las ronchas. ¡Ahí está! Y la agarraba y la aplastaba con las uñas de los pulgares. Y hoy, antes de que lo aplasten a él, espera por el día D, mañana, cuando salgan a la cancha va a estar ahí, en su platea de vitalicio. Corsini, Robledo, Graña, Casak, El Peque... Los que no pueden fallar.

Temprano, se acordó de Linda. Una media vedette que trabajó con él en el teatro –aunque tiene veinte años menos– y que después tuvo cierta fama cuando la llamaron para hacer un bolo en una película de acción. Media vedette. Es decir, no llegó a ser completa, pero el cuerpo era extraordinario. Aunque no cantaba bien y caminaba mal las tablas. Pero supo engrupir

El relator

viejos: media vedette, casa completa, auto completo. Aún hoy los hombres la miran cuando entra a algún lugar con sus tapados en invierno y sus musculosas en verano. Y el último viejo, el arquitecto, se lo presentó él. Un conocido de la comisión del club. Seis meses en Miami. Linda lo llamaba dos por tres y le decía: Negro, ¡tu amigo es muy calentón pero después se duerme enseguida! Y él le decía: Trátemelo bien al arquitecto, ¡eh! Entonces la llamó y le dijo lo del tatuaje. Y Linda lo pasó a buscar con su auto 0 kilómetro y lo llevó a lo de su amigo Michel en una galería. Y le dijo: te lo merecés, te lo regalo. Pero te va a doler. Vos sos un chico, le dijo mientras lo ayudaba a sacarse la ropa para que Michel trabajara sobre el pecho. Entonces sonó el celular y Linda salió del negocio donde lo estaban tatuando y se paseaba por el lado de afuera de la vidriera hablando con alguien que la hacía reír. ¿Duele, don? Le preguntaba Michel, un rubio musculoso con cara de actor porno.

El mundo es la historia que cuenta un idiota, hecha de sonido y de furia, escribió Shakespeare. Pero no, mejor Chespirito. No Shakespeare, Chespirito. Sonidos, en la casa, desde que todos murieron, casi no hay. Sólo él es un productor de inquietud para las cosas que lo rodean. Ahora, sale del dormitorio con el dolor en el pecho a cuestas y pasa al baño, donde enciende la luz y abre el grifo de agua fría. Se lava los sobacos y la cara y se pone desodorante y colonia. Después vuelve a su pieza, abre el ropero y se viste para bailar. Los zapatos negros, puntudos, que le regalaron los hijos para la milonga, lo esperan en un costado de la pieza. Se los pone con un calzador que fue de su padre. Se pone una camisa blanca y, al abrochársela, siente la presión de la tela sobre el tatuaje. Tiene un pantalón negro, de verano, y un saco del mismo color. Cuando finalmente abre la puerta de calle, ve que el cielo está encapotado. A punto de largar el agua sobre la ciudad. Pero el paraguas no, dice, no más cosas encima. Y los lentes me los saco apenas llegue, dice. Camina rápido para su edad. Muy ligero, hasta la parada del colectivo. Masca un chicle de menta que le había quedado rezagado en el bolsillo del saco. Hay relámpagos mientras espera en la parada. De golpe, ráfagas pequeñas de aire caliente inclinan las cabelleras de los árboles de la calle. Está solo con las manos en los bolsillos y las piernas ligeramente chuecas. Piensa en la parapsicóloga. Vendrá, vendrá, se repite mientras masca el chicle.

TERCER DÍA

Cuando era muy chiquitín, ¡y que chiquitín era!, el padre lo sentó encima de sus piernas y le contó la historia de los comienzos. Antes, mucho antes de que llegara el hombre a estas tierras, en lo que hoy son los terrenos de Boedo, habitaban unos seres cóncavos, hechos de barro y viento puro y que sonaban de manera musical cuando hablaban. No necesitaban comer y se reproducían con sólo soplarse los unos a los otros. Vivían en comunidades que representaban notas musicales de diferentes tonos. Pero, de golpe, el clima cambió bruscamente, un ciclón poderoso arrasó con la comarca y el viento excesivo, metabolizado por los cuerpos de los más duros, produjo un cambio de carácter en estos seres, otrora sólo guiados por la armonía y los chistes que se contaban unos a otros. Así nació una segunda casta de seres más taciturnos y melancólicos. Muchos de ellos, incluso, llegaron a darse muerte por su propia idea. Lo cierto es que con el tiempo, ambos grupos se cruzaron y dieron inicio a una tercera casta, hecha de ambas tonalidades. Hasta que llegó la glaciación y quedaron borrados de la faz de Boedo. Cuando era muy chiquitín, ¡y qué chiquitín era!, lo mandaron a jugar en el oratorio de la iglesia San Antonio, en la calle Independencia, donde el padre Lorenzo Maza había fundado el que sería el club de sus amores. Y cuando él tenía veinte años murió su madre, una mujer que conservaba cierto carácter taciturno, melancólico. Cuando él se estaba por casar murió su padre, un hombre extraño, huraño y divertido, jugador compulsivo de póker. Así que a los 30 años se había quedado sin familia y, por ende, decidió construir otra con lo que tenía a mano. Entonces trajo al mundo a sus hijos A, B y C. De golpe, era un hombre maduro. Trabajó como actor independiente recorriendo teatros de las provincias. Y así llegó al pico del mediodía para después sólo empezar –como está escrito– a declinar. Murieron su mujer, su hermana, su compadre–con quienes vivía cuando eran una familia– y él se dedicó a ver series en blanco y negro por televisión.

Lo llama al hijo A y le dice: Anoche, para bailar con una señorita que me gusta, me saqué los lentes y bailamos toda la noche, vos vieras querido qué linda mujer, y muy preparada, es parapsicóloga y tiene el consultorio en Banfield. Pero, para eso te llamo, cuando me senté porque me empezó a doler la pierna, bueno, cuando me senté me di cuenta de que había puesto los lentes en el bolsillo de atrás del pantalón, ¡no me di cuenta, querido! ¡Los hice mierda y hoy es el partido, querido! ¡Y no veo nada de lejos y encima esta mierda se juega de noche! No sé cuándo van a entender que el fútbol se ve mejor de día. Bueno, acompañáme, no, no, los lentes los compramos después ¡nadie me va a hacer lentes en un minuto! ¡Y el partido es esta noche! Quiero que vengas a la cancha conmigo para ayudarme a ver cómo juegan, ¿entendés? Sin lentes yo veo muy poco pero si vos me vas diciendo quién la agarra, quién la pasa, como una radio, ¿entendés, querido? ¡Y no puedo escuchar radio porque los auriculares me irritan los oídos! ¡Si no, no te molesto, querido!

Cuando dobla, lo ve esperándolo en la puerta. Tiene puesto el equipo de gimnasia con los colores del club. Detiene el auto lentamente y el equipo de gimnasia –de tonalidades azulgranas que relampaguean en la última luz de la tarde– viene hacia él. Se estira y le abre la puerta del auto. Moviéndose con dificultad –como si un mono inmenso intentara entrar en un cajón de manzanas– se acomoda en el asiento. Tiene el olor a colonia que lo acompañó toda su vida. Y lleva debajo del brazo los diarios del día. Cuando están por arrancar él le dice que espere, que hay que esperar que llegue Linda, su amiga, que también viene a la cancha. Es la novia del arquitecto, le dice. Esperan un rato largo. Se hace de noche y se prenden las luces de la calle. Le muestra las fotos de un actor que es entrevistado por el suplemento de espectáculos del diario. Éste era un garca bárbaro, le dice. Entonces unas luces largas, detrás del auto, le avisan que llegó Linda en su auto último modelo. Él le grita algo por fuera de la ventana. Ella le contesta también a los gritos. Tiene una voz gruesa, de mandona. Arrancá, arrancá, querido, que nos sigue. Arranca. Así, uno atrás de otro, cruzan la avenida Boedo y doblan por Chiclana y agarran Cruz. A su paso, se nota la agitación en la calle. La gente va caminando, en autos o en camiones, todos con banderas, cantando, gritando. Se alientan mutuamente. En la parrilla de una esquina hay un alboroto especial. Es la hinchada, o parte de ella, que apura unos sanguches antes de marchar hacia el estadio. Ahora, a la derecha se alza, a unos cien metros, la masa negra del estadio con las luces poderosas que pegan en el cielo encapotado. El último tramo lo hacen casi a paso de hombre hasta llegar al estacionamiento. Salen de los autos y se saludan con Linda, que está vestida como para debutar en la nueva temporada de revista haciendo sadomasoquismo. Ropa negra ajustada, brillosa, y la camiseta del club por debajo. Atraviesan la ciudad deportiva hacia la entrada a las plateas. Cada vez más gente, cada vez el volumen más arriba. Se escucha música también en los parlantes de la cancha. Entran a la platea después de subir escaleras atestadas de gente que se cruzan sin ton ni son, apurados por conseguir un lugar. Sus asientos están en el medio de la platea, por lo cual deben pasar esquivando a las personas que ya están sentadas. El arquitecto irrumpe desde uno de los costados y se acerca al grupo.

Saluda a todos y se sienta, después, en la fila de adelante. Es un hombre inmenso, colorado. Tiene manos gruesas. El hijo A barrena con la mirada la cancha: está casi repleta y en una de las tribunas la gente está abriendo una bandera inmensa que los recubre casi por completo. El padre le pone, mecánicamente, la mano sobre su brazo mientras habla y se saluda con todo el mundo. Como un defensor que, en el envío del corner, no quiere que el delantero se le vaya solo. De golpe le dice: Mirá, el Mono Irusta. Y el hijo A ve un hombre alto, canoso, que habla con una mujer cincuentona. Y se acuerda de las figuritas súper chapitas. Donde tenía el rostro del Mono Irusta, joven, con un buzo celeste. Por un momento siente el roce metálico de esas figuritas que le cortaban todos los dedos cuando jugaba al punto o al espejito. El Mono Irusta, piensa. Un mono, en un tiempo infinito, juntando palabras al azar, tiene que llegar a escribir El Quijote, piensa o recuerda que alguien lo dijo. No sabe bien. El Mono Irusta, en un tiempo infinito. Todo puede pasar. Entonces estalla el estadio porque salen los equipos a la cancha. Explotan petardos y vuelan cohetes por el aire y la gente grita de manera desaforada. Su padre, a su lado, pega saltos cortitos, mientras le tira del brazo. ¡Hijo, hijo!, le dice. Sí, papá, le responde el hijo A. ¡Tenés que mirar bien y contarme todo, eh!, le dice mientras pega pequeños brincos. ¿Qué pasa, qué pasa?, le pregunta. Se están sacando la foto en el medio de la cancha. ¿Y ahora? Están sorteando con los

El relator

árbitros quién saca. Ojalá que El Peque esté bien, que no se vaya del partido, dice el padre. Hijo, hijo, dice el padre. Sí, papá, dice el hijo. Quiero un camión de bomberos de verdad, con luces y con sirena, con pilas. Sí, papá, con luces y con sirenas. Bien grande, hijo, para que pasiemos los dos por el barrio, mientras la gente sale a alentarnos por la calle. Padre e hijo, hijo y padre, el mundo está dividido así y no se puede escapar, ¿no? Sí, papá. Un camión de bomberos de verdad. ¿Y ahora qué pasa, hijo? Acaba de mover nuestro equipo y El Peque se escapaba solo y lo voltearon, dice el hijo. Y tras escuchar tales palabras el padre se excita aún más: ¡Quiero un camión de bomberos de verdad! ¡Hijo, prometéme que me vas a comprar un camión de bomberos de verdad! Sí, sí, papá, lo que vos quieras. Un camión de bomberos de verdad. Camión de bomberos de verdad. Un camión de bomberos de verdad.

APÉNDICES
AL BOSQUE PULENTA

I
M. D. DIVAGA
SOBRE UN TRASTORNO

«Uno de los temas que me parece apasionante es la aparición de estructuras fractales en los sistemas humanos. Así, por ejemplo, la celebrada ley de Zipf sobre la frecuencia de aparición de las palabras (conocida ahora como ley de Zipf Mandelbrot) pudo ser generalizada por Mandelbrot a partir de un razonamiento de estructuras jerárquicas de árboles. Parecía un ejemplo aislado pero consultado el *Journal of Quantitative Linguistics* me topé con un enlace interesante: ais.gmd.de/leopold/hrebinet.ps.»

Asunto: fractales en las lenguas humanas.
Jueves, 31 de julio de 2003, 06:31 p.m.

... La sensación es que, de vez en cuando, se abre una luz en la oscuridad... y uno se ilusiona y se pone de pie en medio de ese calor... pero lo único que entra por esa luz es una pala de pizzero con una de muza sobre su lengua de madera, la arroja, se retira y se vuelve a cerrar la puertita y otra vez la oscuridad y el calor mortal ... y al rato comprendo ¡estoy en el horno de Banchero! ¡Para siempre!...

... ¿Por qué me pregunta sobre el mismo tema? Oiga doc, yo me mandé un jamemú gigante pero me hago cargo de todo... no como esos guaresney que la iban de camunina y después terminaban llorando de rodillas cuando se armaba la de San Quintín... ¡Ya se lo dije! Sí, sí, exacto. En la puerta de mi casa... donde mi mamá había conseguido trabajo de portera... y después de eso la sacaron a patadas... ¡Fue un error! Pero, como diría mi amigo Andrés, ¡también fue un golazo! Viera doc cómo se prendió fuego la puta moto... Ya me había dado tres palazos y ese día me levanté ansioso... ¡Los días nublados, pesados, me sacan de mis casillas!... Ahora mismo estoy fuera de mis casillas... Toda una serie de casillas rojas donde me imagino que viven todos mis amigos... El japonés Uzu, los Dulces... el Andrés... El Tano... Todos esos putos... Sí, vinieron la semana pasada, pero no quise verlos... ¡Me hice el guaresney!...

¿Sabe qué estuve meloneando? Una cosa que me decía el japonés sobre los samuráis. ¿Son los que se tiran en avión y se hacen trizas, no? Bueno... Yo soy escuchón... En realidad lo hablaban el Japón y el Andrés... En la pieza del Andrés y yo estaba tirado en el piso mirándome la punta de las zapatillas... Todas dientudas... Y escuchaba porque los monos esos hablan de cosas pulentas... ¡Ah! ¿no eran samuráis? Bueno, eso... y él contaba que los tipos decían: Me despierto y ya estoy muerto. Todo lo que me pase en el día viene de arriba. ¡Genial, eh, doc! ¡Mis amigos la chamuyan a full!...

... Viví con mi mamá de hotel en hotel... ¡Yo puedo sentir el olor de un hotel a diez cuadras!... Sí, la familia de Andrés fue un poco mi familia... pasaba mucho tiempo ahí... en esa casa... Oiga, ¡pare, pare! Le digo: Hubo un año en que nos sentamos casi todas las noches, todos, Andrés, su mamá, su hermano, mi mamá, yo, a ver El Rico y el Pobre... ¡Pulenta! ¡Lo puedo ver ahora: todos en el dormitorio donde estaba el televisor gigante! ¡Pare, pare! Me volvía loco un tipo musculoso, que tenía un ojo tapado, como un pirata... ¿o no tenía el ojo tapado?... Se llamaba Falconetti y era un tremendo hijo de puta... cada vez que aparecía le pudría todo a los hermanos, al rico y al pobre... que no sabían que eran hermanos... eso me hacía llorar... la otra noche recordando esa serie me puse a llorar... ¡Exacto, doc! Ese día, cuando me levanté, sentía esa sensación... Como que iba a aparecer Falconetti y me iba a cagar a patadas... Falconetti puto, cogido, ¡andá a hacerte garchar por el pizzero de Banchero!

... Nunca se me ocurrió eso... pero Andrés seguro era el rico... Porque es más débil... Piensa... No sé... No llorar no, yo lloro todo lo que quiero... Sí, doc... me levanté y anduve todo el puto día como acorralado, con Falconetti hablándome al oído... Y dale y dale... Metiéndome fichas para que haga cagada... Y busqué el combustible y rocié la moto en la vereda... Dos de la tarde... Más o menos...

¡Y se prendió al toque! ¡Y yo me senté a mirar esa obra maestra! ¡Y se me dio por bailar alrededor como los indios de Tarzán! Después vino la yuta y mi vieja se desmayó porque los vecinos la querían echar del edificio... ¡Soy Falconetti, soy Falconetti!...

... Otro jamemú de aquellos... estuvimos metiéndonos birras en el escote y de golpe Dulce grande me dice que el padre quiere que asaltemos la carnicería... ¡Eh, doc!, ¿la caza? ... El viejo de Dulce, que se garchaba a la madre de la gorda Fantasía, era empleado en una carnicería de Quito y Boedo... y él le dice al hijo que vayamos tipo nueve de la noche, cuando está cerrando y haciendo la caja con el cadete, y que lo asaltemos... ¡Que él se iba a dejar!

... Y después vamos y vamos... ¡Y ya me puse ansioso y me clavé un montón de pastas y le di el comando del melón a Falconetti!... Dulce me trajo una careta de plástico de Mickey y Tribilín y lo encañonamos al viejo con un revólver que no servía ni para pegar culatazos... ¡El problema era si se retobaba el cadete! Teníamos que hacer todo con carpa...

... Sí, al otro día nos agarraron y devolvimos la plata... Lo echaron al viejo de Dulce y le dijeron que no lo denunciaban porque le tenían lástima, pero lo cagaron a trompadas... No sé en qué fallamos, ¡en todo!... Como cuando entramos a asaltar la farmacia de Maza y me quedé cagando en el baño leyendo una revista con la linterna y cayó la yuta y ¡otra vez en la lona!... Seis a cero, siempre seis a cero... O dos a uno... Pero a veces...

... No me cae bien, doc... Viene acá, se sienta ahí, como está usted, y me hace preguntas estúpidas... Si creo en Dios... Si me gusta el cine... Si quiero a mi vieja... Lo que sí me parece es que está buena... ¿Le conté la porno del Hombre de la Verga Luminosa?... Se la conté a ella y lo único que hacía era preguntarme si yo lo había soñado... O inventado... ¡Cómo se me va a ocurrir una cosa así! ¡El Hombre de la Verga Luminosa!... Era la porno preferida de todos los pibes de Buedo... La tenía el tano Fuzzaro en su casa... era del viejo... La cosa es así... El argumento, digo... Escuche, doc: el tipo, por un problema... ¿Vio?... Por la composición de su cuerpo... Esteee... Tenía la verga hecha con el mismo material que tienen en la panza las luciérnagas... ¿Va?... Y cuando se le paraba se convertía en un haz de luz poderoso... ¡Un porongón para iluminar el Dock Sud y todo Buedo! Y en la mejor escena de la película se ensartaba a una rubiona y, con la pieza en penumbras, le hacía salir por todos los demás agujeros de la mina haces de luz, ¡era de no creer! ¡La pieza donde garchaban iluminada por seis rayos que salían de la mina ensartada por la Verga Luminosa!... Esa escena nos volvía locos...

... Ya termino... Ya termino... Ahí aprendí que al culo se le dice siete porque es el agujero numero siete... ¡Pulenta!

... Me gusta pasarme los dedos por la ingle y olérmelos... Me gusta meterme los dedos entre los deditos del pie y olérmelos...

Me gusta el olor del solvente de las tintorerías... Me gusta cuando aparece Falconetti y se pudre todo... Oiga... ¿Sabe en qué estuve pensando? Es una boludez... pero usted pregunta y yo respondo, ¿no?... Antes de venir a acá... dos noches antes... estábamos todos en Buedo... en la esquina de Maza y Estados Unidos... y el tano Fuzzaro contó un chiste... Que no entendí... Por más que le doy vueltas y vueltas... No lo entiendo... Pero cuando lo contó todos se rieron... Se mataron de risa... Y yo también... Me hice el logi porque si no iban a creer que soy un retrasado... Y acá me piden que piense y traca traca... todo el tiempo... Es así, el chiste... Un pibe bien rosanrol va a cenar a la casa de su novia por primera vez... y para impresionar se monta en su Jarley Davison... Una motazo, ¿las conoce? Pero antes el mecánico le dice que, como estaba muy cuidada, brillosa... tuviera cuidado con la lluvia, y le da un frasco de vaselina para que le pase si la deja estacionada en la calle y se larga a llover, ¿me sigue, doc? Cuando llega a la casa de los viejos de la novia, lo está esperando toda la familia más invitados con una cena imponente... El pibe ya se bajó de la Jarley... ya la dejó pastando en la calle... Y entonces el drepa de la mina le dice: Te tengo que contar una cosa... Acá tenemos una costumbre familiar... Cuando se come el último bocado, el primero que habla lava los platos... ¿Entendés?... El pibe dice que sí y empieza la comilona, ¿de qué se ríe, doc?... Bueno, comen sin parar y ensucian miles de platos y ollas, y cuando la comida se acaba se quedan todos mudos... Mirándose a ver quién es el primero que habla... Una situación insoportable... Incómoda... Y en medio de ese silencio se escuchan truenos en la calle y el pibe se acuerda que tiene la moto afuera... Indefensa ante la lluvia que se viene... Entonces saca el frasco de vaselina... ¡y ahí no más el padre se para como un resorte! Y le dice: Pará, pará, hijo de puta, lavo yo... ¿Lo entiende doc?...

¿Lo entiende o no?

... ¿Qué les diría?... No sé... Yo no sé chamuyar, aunque a veces me las doy de guaresney... Una vez el japonés Uzu me contó una historia increíble... Me acuerdo como si fuera hoy... Estábamos en el zaguán de la casa de Andrés, era de noche... Los Dulce, yo, Andrés, el Tano... y Japón empieza... Esteee... Cuenta la historia de un samurái muy grosso, que se llamaba Bokuden... Yo me lo imagino a este Bokuden como esos japoneses de las películas de guerra que pasaban en Sábados de Súper Acción... ¿Se acuerda, doc?... Bueno, Bokuden, decía Uzu, iba en una barca muy chica, cruzando un inmenso lago, con varias personas... Vendedores... Y entre ellos otro samurái... Que no paraba de mirar a Bokuden, que estaba en un rincón... Con la mente en blanco... Sentado con los brazos cruzados... Este samurái era un fanfa tremendo, decía Uzu... ¿Y vio que los fanfas no se bancan que uno no les dé bola? Entonces éste se paró y le dijo a Bokuden: Puedo ver por tu espada que sois un samurái ¡y te reto a una pelea de espadas!... Bokuden ni pispeó... El samurái fanfa se puso en llamas: Os mataré, maldito cobarde, si no me contestáis, le dijo... El Japonés lo contaba así, como los gallegos... Entonces Bokuden le dijo que él practicaba el arte de la no espada... ¿la caza, doc? El arte-de-la-no-espada, dijo Uzu que dijo Bokuden... El otro se retobó más. ¡No sé qué es eso pero te reto a duelo igual! Entonces Bokuden se paró y le dijo que iba a pelear con él, pero que no iba a usar su espada, ya que practicaba el arte de la no espada. Y también le dijo que era mejor que esperaran a llegar a tierra para pelear. El samurái fanfa se salía de la vaina porque se daba cuenta de que Bokuden lo estaba chamuyando... La gente que estaba en la barca estaba mosca... Finalmente Bokuden le pidió al que remaba que se acercara a la tierra para que pudieran pelear... Cuando el bote estaba a un toque de la arena el samurái fanfa saltó de la barca al mismo tiempo que desenvainaba y le gritó a Bokuden: Forro, ¡tus días están contados! Bokuden ni se inmutó, aún arriba de la barca desenvainó su espada y se la dio al barquero y le pidió a éste el remo. Lo clavó en la arena y empujó hacia atrás... Dándole dirección al bote de una manera violentísima... De nuevo hacia el corazón del lago... El samurái fanfa se quedó de piedra viendo cómo Bokuden y la barca se alejaban... Mientras el fanfa se hacía cada vez más chico en la arena, y cuando ya su silueta casi cabía en un chocolatín Jack, Bokuden le gritó: ¡Éste es el arte de la no espada!

...A veces, cuando me imagino que estoy solo... en manos de Falconetti... cuando me doy cuenta de que el universo es un lugar de mierda y se me inclina la cancha porque me melaron a full... pienso en Bokuden... en la forma en que Uzu lo contaba... Estábamos en el zaguán... era de noche y afuera garuaba... ¿Quién es el que se mantiene completamente solo, sin compañía, en el medio de los cien mil objetos?, gritaba Uzu para arengarnos. ¡Nosooootros!, contestábamos a coro aunque no entendíamos de qué poronga hablaba... ¡Nosooootros! Se me pone la piel de arpillera, ¡toque, doc, toque!

II
EL DÍA EN QUE LO VIERON EN LA TELE

Para mi hermanito Gaby

UNO

Yo estaba en el balcón del departamento. Vivo con mi mujer en un ambiente sobre la avenida La Plata, casi esquina San Juan. Desde ahí veo la iglesia donde se casó mi vieja, San José de Calasanz, y donde después me casé yo. Lo recuerdo bien porque mi mujer se había tirado en el sofá –que después se hace cama– y estaba viendo el noticiero. Yo todavía estaba con la ropa del banco, con la camisa celeste y la corbata oscura y tenía la espalda transpirada por el calor y por eso estaba en el balcón, para tomar un poco de aire. No es usual que yo tuviera la ropa del trabajo puesta, porque no bien entro a casa me pongo en bolas y ando en calzones sin problemas. Me gusta mi cuerpo. Cero panza. Y eso que no hago nada de nada. Cuando era chico era gordo y en la colimba, a los dieciocho, me desinflé a puro baile. Y desde entonces me dejaron de llamar el gordo Noriega, como me decían los boludos de Boedo. Bueno, decía, mi mujer, que es una santa, me llama y me dice que vaya a mirar el noticiero. Con voz urgente, como si hubiera visto al demonio. El televisor es grande, color. Se lo compré al turco de la galería de Boedo y San Juan. Una ganga. Fue unos de los primeros televisores color traídos de Finlandia, me dijo el

Los lemmings y otros

Turco. Y tengo su garantía. Si se rompe, viene el Turco –que es de fierro– y lo deja pipí cucú. Al lado del local del Turco hay una veterinaria. Me acuerdo de que el día que fui a señar el televisor me quedé hipnotizado mirando una tarántula negra que se movía dentro de una pecera, en la vidriera. Entonces, decía, me siento al lado de mi mujer, que está en bolas, limándose las uñas, y lo veo. Y no lo puedo creer. Decían que estaba muerto, que cuando le fue a zarpar con Chamorro la bandera de San Lorenzo a la hinchada de Ferro lo habían púado mal. Decían que se había ido a Brasil a comer hongos y se había vuelto loco. Otros lo habían visto como hare krishna en Cuzco. Y hasta estuvo quien dijo que estaba preso en Caseros, por asalto a mano armada. Pero era él. Flaco, chupado, con un buzo azul que nunca se hubiera puesto. Y la periodista –una rubia pelotuda– le dice: ¿Te arrepentís de haber tomado drogas? Y Máximo dice, con una voz finita desconocida para mí: Sí, sí, me arrepiento. Y debajo de la pantalla, en letras grandes, ponen el nombre de una institución donde curan a drogadictos. Y remarcan: Una historia verídica, investigación especial. Mi mujer me mira hasta el alma. Sí, le digo, es él (ella no lo conoció, pero escuchó la cantinela sobre Máximo Disfrute en cada asado, casamiento o cumpleaños que festejamos los pibes del barrio). Y entonces salto como un resorte y agarro el teléfono mientras Máximo le cuenta a la rubia pelotuda cómo prendió fuego a su moto en la puerta de su casa porque, le dice, estaba hastiado de la vida. ¿Hola, Andrés?, digo. Sí, me contesta. ¿Tenés un televisor cerca? ¿Para qué, gordo?, me dice, y

El día en que lo vieron en la tele

eso que ya no soy gordo, pero el hijo de puta me sigue diciendo gordo. Prendé el televisor, boludo, y buscá el noticiero, le grito. ¿Qué pasa, gordo? Pasa que está Máximo en la tele. ¿Máximo? Sí, él mismo, Máximo Disfrute. ¡Anda a la concha de tu madre, gordo! Seguro está fumando porro. Desde que volvió de ese viaje lo único que hace es rascarse las bolas y fumar porro en la pieza que tiene en la casa de los viejos. Andrés, lo están entrevistando a Máximo, que es un drogadicto recuperado, ¡acá lo estoy viendo, boludo! ¡Metele! Esperá, gordo, esperá. Del otro lado se escuchan ruidos, como si moviera muebles. La rubia pelotuda le acaricia la cabeza a Máximo. Gordo... Gordo..., balbucea Andrés, y yo pienso: tocado y hundido. Ahora me cree el logi. Después te llamo, me dice y me corta. La pelotuda dice que van a un corte y que en el próximo bloque Máximo (no dice Máximo, le dice Alfredito) nos va a contar su paseo por el infierno. Tanda. Al final no estaba muerto, dice mi mujer. Parece que no, le digo. No me lo imaginaba así, dice. Está muy cambiado, digo. ¿Pero cómo te diste cuenta de que era él si no lo conocías?, le digo. ¡No te diste cuenta de que estaba el nombre y el alias escrito al pie!, me dice. Está hecho mierda, digo. Mi mujer se para. Es un poco rellena pero tiene buenas formas. En otro momento me hubiera picado el pito al verla en bolas, así. Pero ahora estoy para atrás. Cruza el cuarto esquivando la mesa de vidrio y se mete en la cocina. Desde ahí me dice: ¿Pongo el ventilador? Como no le contesto nada, lo trae –es de plástico, berreta y blanco– y lo pone sobre la mesa. El ruido del ventilador, el viento caliente, asmático, sobre mi cuerpo. El cuarto sólo iluminado por el televisor, esperando que la tanda ceda y aparezca Máximo otra vez. Con mis amigas nunca nos dejamos de ver desde que íbamos a la escuela, dice mi mujer, mientras prende un cigarrillo y se deja caer en el sillón. No tengo nada para decirle. Pero ustedes, desde que yo te conozco, cada vez se ven menos, remata. Tiene razón. Nos fuimos desperdigando de una manera silenciosa. Quisiera poder recordar cuál fue el momento en que estuvimos todos juntos por última vez. No puedo. Pero veo a la tarántula contra el vidrio, moviéndose lentamente, casi consciente de que inspira terror.

DOS

Rápido me presento. Me llamo Nancy Costas. Y en todo el barrio donde reiné durante mi adolescencia, me llamaban Pan Dulce. Por la figura que formaba mi cintura engarzada en mi culo. Tenía el pavo más hermoso de todo Boedo. Lo digo yo, lo dicen todos. Y después, cuando me hice punk (y fui una de las primeras) los chicos me pusieron Punk Dulce. Vivamos rápido y a la marchanta, era nuestro lema. Pero después me tranquilicé. El líquido efervescente dejó de repiquetear en mi cabeza. Ahora tengo una hija y un ex marido. Y mi propia peluquería en la galería de Boedo y San Juan. En el piso de abajo, junto al caballito de madera que fue el rodeo de todos mis amiguitos desde los años setenta y al ladito de la veterinaria de Ángel. Si entrás

El día en que lo vieron en la tele

por San Juan, me encontrás en seguida. Si entrás por Boedo, tenés que bajar las escaleras y doblar. Ahí estoy, casi siempre con mi delantal blanco, impecable. Y con mi amiga Cecilia Fantasía (alias la gorda Fantasía), mujer de Chumpitaz, quien se encarga de la manicura y demás. Me puse a escribir en este cuadernito Gloria la gloria de mis días. Porque así me lo aconsejó mi casi hermana Cholele, quien siempre me dijo que yo sabía contar las cosas como nadie y que aprovechara el don. Que si no me enfermo. Que lo que se tiene y no se usa vuelve como enfermedad. Ella es sicóloga y sabe. Soy toda estilo y del mejor. Cuando la nena duerme, después de cenar y antes de lavar los platos, prendo un Colorado y manos a la obra. Las mujeres cuchichean de lo lindo en la pelu y sólo hay que parar la oreja para transcribir esas historias. Y cuando no me ocurren cosas transcribo mis días. Que para eso vivimos, para dejar en claro lo que pasó resbalando. Y que después la nena cuando tenga edad sepa que su madre fue la reina del barrio y la primera punk del país, casi. De la misma manera en que mi tía Susana me contó que fue vestida para matar a los carnavales de San Lorenzo para escuchar a Santana. De esa forma pasa el Conocimiento. Ayer, cuando lo vi en la tele, me vino un relámpago en la cabeza. De golpe y porrazo todos en la vereda de la parroquia San Antonio, antes de entrar a un baile (de esos que hacían los curas con la luz prendida y que empezaban cuando el disc jockey ponía «Un ladrillo más en la pared» de Floyd), en el invierno, con las camperas inflables y la ropa Little Stone que se compraba en la Galería del Este. Y él usaba un enterito de jean y una camisa toda floreada, resicodélica. Pero en el televisor, blanco y negro, estaba ojeroso, con buzo oscuro, y apenas balbuceaba lo que le preguntaba una mina. Entonces le dije a la gorda Fantasía que parara de barrer (justo habíamos terminado una permanente y estábamos sin gente) y que mirara lo que yo estaba viendo, que me pellizcara si eso era cierto. Y ella pegó un grito y se llevó la mano a la boca y después fue hasta el teléfono público que está al lado de la pileta artificial del pasillo y llamó a Chumpitaz a la remisería, para que ponga la tele. Hija, cuando yo era chica, los barrios se dividían en bandas. Estaba la barra de Flores, la de la placita Martín Fierro (que era feroz y temida), la de San Telmo (que infectaba los bailes), la del Parque Rivadavia y muchas más. Yo paraba en la de Boedo. Ya que en Boedo nació tu abuelo y también yo y tu tío Ariel. Y aunque tu abuelo dirigió y jugó en Huracán, todos éramos del Ciclón al mango. Y mi barra, que era la unión de los chicos que iban a las escuelas Del Carril, San Francisco, Gurruchaga y San Antonio, tenía un sólo jefe indiscutido, hija: Máximo Disfrute. El que estaba en la tele que te cuento. Cuando veo esas bandadas de pájaros hacer la V en el cielo, pienso que cómo saben dónde tiene que estar cada uno ¿no? Quién le dice al otro, che, vos ponete ahí y vos allá. Pero desde la tierra se ven majestuosos. Y así éramos nosotros. Hasta que este país de porquería nos cagó a sopapos. Por ejemplo la tragedia de los Dulces. El Dulce grande chupado por la policía, el Dulce chico asesinado en la cortada San Ignacio después de que intentó robar un auto. O el gordo Noriega que volvió de las islas sin transistores en el bocho. Y todo esto sin contar la muerte natural, como el tano Fuzzaro dándose el super palo en la Costanera, con la moto. Y por todo esto me pegó verlo en la tele, porque pensábamos que estaba muerto, o más bien queríamos que estuviera muerto antes que así, tartamudeando que la droga lo mató, que su vida era un infierno, contestándole preguntas a una boluda profunda. Cholele dice que debe haber estado en una secta de esas que te lavan la cabeza y que por eso desapareció tanto tiempo. La gorda Fantasía empezó a rapear que una noche Chumpitaz llegó excitado con la idea en la cabeza de que había visto a Máximo sentado en un tren que iba para Claypole. Y que cuando le empezó a gritar desde el andén, Máximo giró la cabeza, lo miró y se sonrió. Después se cerraron las puertas y el tren arrancó con el misterio hacia la noche del sur. Y que ella no le creyó, que le peleó que Máximo estaba muerto después del quilombo de las banderas robadas. Yo me acuerdo de un día en que estábamos todos esperando que se largara el baile en el Hogar Asturiano y de golpe empezó a sonar el helicóptero que anticipa el tema de Floyd y que todos gritamos y saltamos hacia la pista y que Máximo me agarró de la mano y la tenía húmeda pero a mí me gustó. Y a mi lado estaban Andrés y Patricia Alejandra Fraga (mi terrible rival en el podio del barrio) y los Dulces y Uzu y el gordo, ¡todos! Y que esa misma noche los chicos fueron a la casa de Uzu y le robaron la llave del auto al viejo de Japón y lo estrellaron contra un camión de sidra La Victoria que estaba estacionado en la puerta de la fábrica, en Estados Unidos. Todavía escuchábamos con las chicas a Bonnie Tyler y a esa que cantaba «Los Ríos de Babilonia». Y que después, cuando Armando trajo el punk (Armando, que antes había sido cheto y después stone y que fue el que trajo de afuera el disco *Queen Live Killer*), yo me pasé y Máximo un día me retó en la calle desde su moto. De esto me recontra acuerdo, amor. Máximo y Andrés y Uzu eran rockeros y se la pasaban escuchando a Zeppelin y Spinetta. Una noche, estábamos todos sentados en el zaguán de la casa del gordo Noriega y cayó Andrés con un disco de Spinetta y la caja no era cuadrada, era demencial, y los chicos se lo empezaron a pasar y Andrés tarareaba las canciones con unas letras rarísimas. Para mí era siome. Entonces me crucé de vereda y empecé a estudiar inglés en la Cultural de la avenida San Juan. Quería saber qué decían las letras de las canciones de los Sex Pistols y los Clash. Y cuando las comprendí me di cuenta de que había acertado. Hablaban de lo que yo pensaba en ese momento sobre las cosas. Pero bueno, ahora no veo todo tan negro. Por eso quiero que leas esto que te voy a decir con mucho cuidado: Tu madre dice que todas las personas tendrían que poner sobre papel sus pensamientos. Y que estos pensamientos deben salir de las cosas que le sucedieron en la vida. Tu madre dice que cada persona tendría que construir, al final de su vida, su propio pensamiento y vivir en él. Que esto es más necesario que casa y comida. Te pongo un ejemplo: si yo no hubiera ejercido este vicio de escribir y sacar pensamiento, me hubiera quedado con la mente en blanco cuando lo ví a Máximo en la

El día en que lo vieron en la tele

tele. Como quedaron muchos. Pero no, yo le dije a la gorda Fantasía que se tranquilizara –es decir, tomé las riendas de la situación– y que no se puede vivir con el pasado a cuestas. Que Máximo ya había hecho lo que tenía que hacer cuando fue necesario. Y que sobre lo que no se puede hablar, mejor quedarse musa. ¿Estamos?

El Bosque Pulenta y Casa con diez pinos, fueron publicados por primera vez por Eloísa Cartonera.

Cuatro Fantásticos, fue publicado por Tusquets en un volumen colectivo de nueva narrativa argentina y tuvo una segunda edición en la editorial Belleza y Felicidad

Los lemmings, fue publicado por Casa de la Poesía.

Los relatos de este libro tuvieron una primera corrección en manos de Alejandro Caravario y Alejandro Lingenti. Muchas gracias, amigos.

Título Original: *Los lemmings y otros*
© Fabián Casas, 2010

© 2011 Ediciones Alpha Decay, S.A.
Gran Via Carles III, 94 - 08028 Barcelona
www.alphadecay.org

Primera edición: abril de 2011

Corrección de pruebas: Ignacio Echevarría
Diseño de la cubierta: Javier Arce

Preimpresión: Sergi Gòdia
Impresión: Imprenta Kadmos

ISBN: 978-84-92837-19-9
Depósito legal: S 277-2011

Esta
edición,
primera, de *Los
lemmings y otros*, se
terminó de imprimir
en Salamanca en el
mes de marzo
del año
2011